ADAPTARSE

Clara Dupont-Monod

ADAPTARSE

Traducción del francés de
Pablo Martín Sánchez

Papel certificado por el Forest Stewardship Council®

Título original: *S'adapter*
Primera edición: mayo de 2024

© 2021, Éditions Stock
© 2024, Penguin Random House Grupo Editorial, S.A.U.
Travessera de Gràcia, 47-49. 08021 Barcelona
© 2024, Pablo Martín Sánchez, por la traducción

Ouvrage publié avec le concours du Ministère français chargé de la culture-
Centre National du Livre
Obra publicada con la ayuda del Ministerio de Cultura francés-
Centro Nacional del Libro

Penguin Random House Grupo Editorial apoya la protección del *copyright*.
El *copyright* estimula la creatividad, defiende la diversidad en el ámbito de las ideas y el conocimiento, promueve la libre expresión y favorece una cultura viva. Gracias por comprar una edición autorizada de este libro y por respetar las leyes del *copyright* al no reproducir, escanear ni distribuir ninguna parte de esta obra por ningún medio sin permiso. Al hacerlo está respaldando a los autores y permitiendo que PRHGE continúe publicando libros para todos los lectores.
Diríjase a CEDRO (Centro Español de Derechos Reprográficos, http://www.cedro.org) si necesita fotocopiar o escanear algún fragmento de esta obra.

Printed in Spain – Impreso en España

ISBN: 978-84-19456-71-7
Depósito legal: B-4.530-2024

Impreso en Romanyà-Valls
Capellades (Barcelona)

SM56717

Si ellos callasen, gritarían las piedras.

Lucas, 19, 40

¿Qué quiere decir «normal»? ¡Mi madre es normal, mi hermano es normal! ¡No me apetece ser como ellos!

Benoît Peeters y François Schuiten,
La chica inclinada

1

El hermano mayor

Un día, en una familia, nació un niño inadaptado. A pesar de ser una palabra bastante fea, por no decir humillante, lo cierto es que refleja bastante bien la realidad de un cuerpo blando, de una mirada móvil y vacía. «Deteriorado» sería impropio, igual que «imperfecto», puesto que estos términos remiten a algo fuera de servicio, a un objeto listo para el desguace. «Inadaptado» significa precisamente que el niño existía fuera del marco funcional (una mano sirve para agarrar, unas piernas para andar) y que, sin embargo, permanecía junto a otras vidas, sin estar integrado por completo, pero participando en ellas a pesar de todo, como la sombra en la esquina de un cuadro, a la vez intrusa y fruto de la voluntad del pintor.

Al principio la familia no se dio cuenta del problema. El bebé era incluso muy guapo. La madre recibía visitas de gente del pueblo o de las aldeas vecinas. Cerraban de golpe las puertas de los coches, estiraban los cuerpos, avanzaban con pasos vacilantes. Para llegar hasta el caserío habían tenido que circular por carreteras minúsculas y sinuosas y se presentaban con los estómagos revueltos. Algunos amigos venían de una montaña cercana, pero aquí «cercana» no quería decir nada. Para pasar de un lado al otro, había que subir y volver a bajar. La montaña imponía su balanceo. El patio del caserío parecía a veces rodeado por unas olas enormes, inmóviles, coronadas de espuma verde. Cuando se levantaba el viento y azotaba los árboles, era el rugido del océano. Entonces el patio se asemejaba a una isla a salvo de las tormentas.

Se entraba a través de una sólida puerta de madera, rectangular, tachonada de clavos negros. Una puerta medieval, según los entendidos, probablemente fabricada por los ancestros que se habían instalado en las Cevenas siglos atrás. Habían construido las dos casas, luego el porche, el horno de pan, el cobertizo para la leña y el molino, levantado sobre las dos orillas de un riachuelo, y podían oírse los suspiros de alivio procedentes de los coches cuando la estrecha carretera desembocaba en el puentecito y aparecía la terraza de la primera casa, que daba al agua. Tras ella, alineada, se alzaba la segunda casa, en la que había nacido el niño, con su puerta medieval de dos batientes, que la madre había abierto de par en par para recibir a los amigos y a la familia. A la sombra del patio, la pequeña asamblea bebía, extasiada, el licor de castañas que había sacado la mujer. Hablaban bajito para no excitar al bebé, tan a gusto en su tumbona. Olía a azahar que era una delicia. La criatura se mostraba atenta y tranquila. Tenía los mofletes redondos y pálidos, el pelo castaño, los ojos grandes y negros. Un bebé de la región, de pura cepa. Las montañas parecían comadronas velándolo, con los pies en los ríos y el cuerpo cubierto de viento. Habían aceptado al niño, ya era uno más. Aquí los bebés tenían los ojos negros, los ancianos eran delgados y enjutos. Todo estaba en orden.

Al cabo de tres meses se dieron cuenta de que el niño no balbuceaba. Permanecía callado casi todo el tiempo, excepto para llorar. De vez en cuando esbozaba una sonrisa, fruncía el ceño, soltaba un suspiro tras tomar el biberón, se sobresaltaba por un portazo. Eso era todo. Llantos, sonrisa, fruncimiento, suspiro, sobresalto. Nada más. No pataleaba. Permanecía tranquilo —«inerte», pensaban sus padres sin decirlo—. No mostraba ningún interés por las caras de la gente, por los móviles que colgaban del techo, por los sonajeros. Pero lo peor era que sus ojos oscuros no se fijaban en nada. Parecían flotar, hasta que de pronto se disparaban hacia un lado. Desde allí, las pupilas empezaban a dar vueltas, como siguiendo la danza de un insecto invisible, antes de detenerse de nuevo en algún punto indefinido. El niño no veía el puente, ni las dos casas altas, ni el patio, separado de la carretera por un muro antiquísimo de piedras rojizas, erigido aquí desde siempre, mil veces derruido por las tormentas o los vehículos, y otras tantas reconstruido. No miraba la montaña de piel raída, con la espalda sembrada de infinitos árboles, atravesada por la cicatriz de un torrente. Sus ojos acariciaban los paisajes y los cuerpos. Sin detenerse nunca en ellos.

∙ ∙ ∙

Un día, mientras el bebé descansaba en la tumbona, su madre se acuclilló ante él. Llevaba una naranja en la mano. Lentamente, la pasó por delante de la cara de su hijo. Sus grandes ojos negros no se posaron en la fruta. Como si mirasen otra cosa. Aunque nadie habría sabido decir el qué. La madre pasó de nuevo la naranja por delante de su cara, varias veces. Allí estaba la prueba de que el niño veía mal o de que no veía nada en absoluto.

Quién sabe lo que, en momentos así, siente el corazón de una madre. Nosotras, las piedras rojizas del patio, que narramos esta historia, nos debemos a los niños. Es su historia la que queremos contar. Incrustadas en el muro, observamos sus vidas desde nuestra atalaya. Somos sus testigos desde tiempos inmemoriales. Los niños son siempre los olvidados de las historias. Se los conduce como a borregos, se los aparta más de lo que se los protege. Pero los niños son los únicos que se toman las piedras como juguetes. Nos dan nombres, nos colorean, nos llenan de dibujos y de palabras, nos pintan, nos ponen ojos, boca, pelos de hierba, nos amontonan para construir casitas, afinan la puntería con nosotras, nos alinean para marcar los límites de las porterías o los raíles del tren. Los adultos nos utilizan, los niños nos resignifican. Por eso nos debemos tanto a ellos. Es una cuestión de gratitud. Les debemos este relato —ningún adulto debería olvidar que está en deuda con el niño que fue—. Por eso los miramos a ellos cuando el padre los convocó en el patio.

∙ ∙ ∙

Arrastraron por el suelo las sillas de plástico. Eran dos. El hermano mayor y la hermana. De pelo castaño y de ojos negros, por descontado. El hermano mayor, de apenas nueve años, permaneció de pie, con el pecho ligeramente henchido. Tenía las piernas delgadas y duras de los niños de aquí, llenas de postillas y de moratones, piernas acostumbradas a trepar, a las pendientes y a los rasguños de la retama. Por puro instinto, puso una mano en el hombro de su hermana, en un acto reflejo protector. Era un muchacho arrogante; pero su arrogancia procedía directamente de un ideal elevado, romántico, que anteponía la entereza a todo lo demás, lo cual lo diferenciaba de los vanidosos. Inflexible, cuidaba de su hermana, imponía reglas equitativas a sus numerosos primos, exigía a sus camaradas valor y lealtad. Los que no tomaban ningún riesgo, o alcanzaban las cotas más altas de cobardía en su particular barómetro, se ganaban su desprecio, de manera irrevocable. Nadie sabría decir de dónde había sacado semejante confianza, diríase que la montaña le había insuflado una suerte de dureza. Nosotras hemos podido comprobarlo muchas veces: la gente es fruto del lugar en el que nace, y a menudo ese lugar es una forma de parentesco.

Aquella tarde, frente a su padre, el hermano mayor permaneció erguido, con la barbilla temblorosa, invocando en su fuero interno sus valores caballerescos. Pero no necesitó apretar los puños. Con voz pausada, el padre les explicó que muy probablemente su hermano pequeño era ciego. Las visitas médicas ya estaban programadas, los habían citado al cabo de dos meses. El hermano mayor y la hermana tenían que tomarse aquella ceguera como una oportunidad, pues serían los únicos de la escuela que sabrían jugar a las cartas en braille.

Los niños sintieron un atisbo de inquietud, pronto aparcada ante aquella perspectiva de celebridad. Visto así, la prueba no dejaba de tener su encanto. ¿Qué más daba que fuera ciego? Ellos serían los reyes del patio. El hermano mayor veía en ello una lógica natural. Él ya era el señor de la escuela, seguro de sí mismo, de su belleza, de su desenvoltura, y su carácter taciturno reforzaba su aura. Así que se pasó la cena negociando con la hermana para ser el primero en enseñar las cartas en clase. El padre medió entre ellos, prestándose al juego. Nadie se dio realmente cuenta de que, en aquel instante, empezaba a romperse algo. Los padres no tardarían en hablar de sus últimos momentos de despreocupación, y es que la despreocupación, noción perversa donde las haya, no se saborea hasta que ha desaparecido, convertida ya en recuerdo.

Los padres detectaron bien pronto que el bebé carecía de tono muscular. La cabeza se le caía como a un recién nacido. Había que ponerle siempre una mano debajo de la nuca. Sus brazos y sus piernas permanecían estirados, sin fuerza alguna. Por mucho que se lo pidieran, no alargaba las manos, no respondía a los estímulos, no intentaba comunicarse. Ya podían empeñarse su hermano y su hermana en mostrarle cascabeles o juguetes de colores vivos que el niño no reaccionaba, mirando siempre a otra parte.

—Un ser ausente con los ojos abiertos —le resumió el hermano mayor a la hermana.

—Lo que se dice un muerto —replicó la niña, pese a no tener más de siete años.

El pediatra pensó que aquello no auguraba nada bueno. Recomendó que le hicieran un escáner del cerebro bajo la supervisión de un eminente especialista. Tuvieron que apañárselas para conseguir una cita y salir del valle para ir al hospital. Allí les perdimos el rastro, ya que en la ciudad nadie nos necesita, a nosotras las piedras. Pero podemos imaginarlos aparcando el coche y restregando con esmero los zapatos en el gran felpudo tras franquear la puerta automática. Esperaron de pie en una sala, cambiando el peso de una pierna a la otra sobre el suelo de caucho gris, aguardando la llegada del especialista. Por fin apareció y los hizo pasar a la consulta. Llevaba las radiografías en la mano. Los invitó a sentarse. Habló con tacto para darles un veredicto inapelable. Su hijo crecería, de eso no había duda. Pero sería ciego, no andaría, no podría hablar y sus miembros no obedecerían a ningún estímulo, puesto que su cerebro no transmitía «lo que debía». Podría llorar o expresar satisfacción, pero poco más. Sería un recién nacido para siempre. Bueno, tampoco para siempre. El especialista explicó a los padres, con una voz todavía más maternal, que la esperanza de vida, en niños así, no superaba los tres años.

• • •

Los padres consideraron por última vez su existencia. Todo lo que iban a vivir a partir de entonces los haría sufrir, y todo lo que habían vivido antes también, hasta tal punto puede hacernos enloquecer la nostalgia de la despreocupación. Se encontraban ante el abismo, entre un tiempo ya pasado y un porvenir terrible, cada cual más doloroso.

Todos hicieron de tripas corazón. Los padres murieron un poco. En algún lugar, en lo más hondo de sus corazones de adultos, una luz se apagó. Se sentaban en el puente, sobre el río, cogidos de la mano, solos y juntos a la vez. Con las piernas colgando en el vacío. Se cubrían con los ruidos de la noche como quien se arropa con un manto, para calentarse o desaparecer. Tenían miedo. Se preguntaban: «¿Por qué a nosotros?» Y también: «¿Por qué a él, a nuestro pequeñín?» Y por supuesto: «¿Cómo nos las apañaremos?» La montaña manifestaba su presencia, susurro de cascadas, viento, vuelo de libélulas. Las rocas eran de esquisto, una piedra tan quebradiza que es imposible tallarla. Provoca desprendimientos. Nada que ver con la fidelidad diamantina del granito o del basalto, que proliferan en cotas más altas, e incluso con la porosidad absorbente de la toba, frecuente en las inmediaciones del Loira. Claro que, por otro lado, ¿quién podía ofrecer tantos matices ocres? ¿Qué piedra que no fuera el esquisto ofrecía aquel aspecto laminado, a punto de deshacerse? Era todo o nada. Vivir allí implicaba cierta tolerancia al caos. Y ahora, sentados en el parapeto, los padres sentían que iban a tener que aplicar semejante lógica a sus vidas.

• • •

Los otros dos niños no acabaron de entender lo que ocurría, más allá de que una fuerza devastadora, a la que aún no llamaban tristeza, los había propulsado a un mundo separado del mundo, a un lugar donde su joven sensibilidad se rasgaría sin que nadie los ayudara. La hermosa inocencia había llegado a su fin. Tendrían que enfrentarse ellos solos a las esquirlas de sus cascarones. Pero por el momento aún disponían de ese pragmatismo que salva vidas. Por muy dramática que fuera la situación, bien había que merendar. Y pescar cangrejos en el río. Era junio, el bebé tenía seis meses, pero ellos lo veían de otra manera. Se esforzaron en pensar «es junio, el verano está a punto de llegar, y con él los primos». En otros lugares seguían naciendo bebés que podían ver, tender la mano, sostener la cabeza, pero aquel flujo indiferente a su suerte no lo vivían como una injusticia.

Semejante estado de ánimo se mantuvo hasta el invierno. El hermano mayor y la hermana disfrutaron de un verano feliz, evitando hablar del tema con sus primos y aparcando en un rincón de su memoria los rostros agotados de sus padres, así como sus delicados esfuerzos por llevar al niño de la tumbona al sofá y del sofá a los almohadones del jardín. Empezaron el curso escolar, trabaron nuevas amistades, organizaron sus agendas según las idas y venidas a la escuela, tejieron sus vidas en paralelo.

• • •

Así, la Navidad llegó sin contratiempos. Para las familias de la montaña, era siempre un momento especial. Volvieron a oírse las puertas de los coches y el caserío se convirtió en punto de encuentro del valle. La gente entraba en el patio cargada de alimentos, procurando no resbalarse en el suelo helado de pizarra. Las exclamaciones de sorpresa dejaban en el aire pequeñas nubes de vaho. El cielo era de un negro metálico. Los niños nos habían colgado guirnaldas de bombillas de colores para guiar a los invitados y habían puesto antorchas a nuestros pies. Luego se abrigaron, cogieron las linternas y se fueron a la montaña a llenarla de velas de té para que Papá Noel pudiese distinguir la pista de aterrizaje desde el cielo. En las chimeneas crepitaban unos fuegos tan formidables que los más pequeños eran incapaces de creer que algún día pudieran apagarse. En la cocina se apretujaban quince personas para preparar el estofado de jabalí, las tarrinas, los hojaldres de cebolla. La abuela materna, tan bajita ella, no se cansaba de dar órdenes, con su vestido de raso. Junto al abeto sobrecargado, los primos sacaban sus flautas traveseras y un violonchelo. Se aclaraban la garganta, alguien daba una nota. Muchos cantaban en el coro. Ya quedaban pocos devotos, pero quien más quien menos conocía los cánticos protestantes. Explicaban a los más jóvenes que, al revés de lo que decían los católicos (o «los papistas», como los llamaban los parientes más viejos), el infierno no existía, no hacía falta un cura para hablar con Dios y había que cuestionar siempre la propia fe. Las primas más arrugadas añadían que un buen protestante mantiene su palabra, aprieta los dientes y habla poco. «Lealtad, entereza y pudor», resumían mirando a los niños, que no las miraban a ellas. La música y los aromas se elevaban hasta las enormes vigas, atravesaban las paredes y se desparramaban por el patio. No había mucha diferencia con las fiestas de antaño, cuando la gente se reunía alrededor de la lumbre, con las manos abrigadas bajo el vientre de los carneros, que metían en casa cuando hacía mucho frío.

El niño estaba en su tumbona, cerca del fuego. Era el único punto fijo entre tanta agitación. Aspiraba los olores que le llegaban de la cocina con el entusiasmo de un animalito y una leve sonrisa dibujándosele por momentos en el rostro. Cualquier ruido particular (la afinación de un violonchelo, el minúsculo golpe de una tarrina sobre la mesa de roble, la tesitura de una voz grave, el ladrido de un perro) le provocaba una ligera crispación de los dedos. Tenía la cabeza apoyada sobre un costado, con la mejilla contra la tela de la tumbona, pues el cuello no era capaz de sostener nada. Sus ojos, orlados de largas pestañas oscuras, erraban con lentitud y gravedad. Parecía muy atento, pero estaba ausente. Había crecido. Seguía teniendo el cuerpo fofo, pero coronado por una tupida pelambrera. Sus padres también habían cambiado.

A lo largo de aquella cena de Navidad tomaron forma diminutas variaciones. El mayor de los hermanos se volcó con el pequeño. ¿Por qué justo aquel día? Eso no lo sabemos. Quizá porque la discapacidad de su hermano, imposible de ocultar, hizo inaceptable la indiferencia. Quizá porque él también había crecido y, decepcionado por una realidad que casaba mal con sus elevadas aspiraciones, vio en aquel niño las ventajas de un apacible compañero, tan constante y fiel a sí mismo que sería incapaz de decepcionarlo. O quizá, sencillamente, tomó conciencia de la situación y su ideal caballeresco lo empujó, de forma irremediable, al cuidado y la protección del más débil. El caso es que el hermano mayor le secaba la boca al niño, le acomodaba la espalda, le acariciaba la cabeza. Mantenía a raya a los perros, pedía calma. Dejó de jugar con sus primos y con su hermana. Éstos no podían creérselo. Lo tenían por un buen chico de carácter reservado que, hasta la fecha, se había mostrado algo alocado y guasón, consciente de su superioridad. ¿Quién les había enseñado a seguir el rastro de un jabalí, a tirar con arco, a birlar membrillos? ¿Quién podía avanzar por el agua crecida del río, empantanada por las tormentas? ¿Caminar en medio de la noche más negra, absolutamente opaca, estridente y peligrosa? ¿Ponerse la capucha con un movimiento preciso para impedir que los murciélagos enanos —que eran el terror de su hermana y de sus primos— se enredaran en su tupido pelo castaño? El hermano mayor. Solitario y magnífico, con una confianza ciega en sí mismo. La tranquila autoridad de los señores, pensaban sus familiares.

Aquella noche no propuso nada. Su hermana y sus primos revoloteaban a su alrededor, sin atreverse a molestarlo, aunque impacientes. El hermano mayor se mostró más callado que de costumbre. No se separó de la chimenea, controlando el fuego para que su hermano no pasara frío. Había puesto un cojín en la tumbona para apoyarlo con la cabeza erguida. Se distraía leyendo, dejándose agarrar un dedo por el niño

—que mantenía los puños cerrados, como el bebé eterno que sería para siempre—. Era un espectáculo un tanto extraño ver a aquel muchacho de apenas diez años, que gozaba de buena salud, ocupándose de aquel otro, que ya era raro sin llegar a ser grotesco: del tamaño de un bebé de casi un año, pero con la boca entreabierta, sin intención alguna de cerrarla, muy tranquilo, con los ojos negros vagando por el espacio. El parecido físico entre ambos era evidente y nadie sabría decir por qué aquella semejanza encogía el corazón. Cada vez que el hermano mayor levantaba la vista del libro, su mirada fija y sombría, sus grandes pestañas parecían la réplica exacta del pequeño ser que tenía al lado.

Aquella Nochebuena supuso un punto de no retorno. Durante los meses que siguieron, el hermano mayor se volcó de lleno. Antes, lo primero era la vida, los demás. Ahora, lo primero era su hermano. Sus habitaciones estaban una al lado de la otra. Todas las mañanas, el mayor se levantaba antes que nadie, ponía un pie en el suelo, se estremecía al tocar las baldosas. Abría la puerta y se dirigía a la cama, con sus volutas de hierro pintadas de blanco, en la que tanto él como su hermana habían dormido también, antes de crecer y exigir algo más apropiado. El niño, sin embargo, no iba a reclamar nada. Se quedaría en aquella cama. El hermano mayor abría la ventana, dejaba que la mañana entrase. Sabía cómo coger con delicadeza al niño y, con una mano debajo de la nuca, llevarlo hasta el cambiador. Le ponía un pañal nuevo, lo vestía y lo bajaba con todo el cuidado del mundo a la cocina para darle la papilla que su madre había preparado la víspera. Pero antes de realizar todas estas acciones, se inclinaba sobre el colchón. Juntaba su mejilla con la del niño, maravillado de su suave palidez, y permanecía así, piel contra piel, disfrutando de aquel contacto inmóvil, saboreando la cremosa carnosidad de aquel moflete indefenso, que parecía reclamar una caricia, tal vez sólo la suya, la del hermano mayor. El aliento del niño subía a bocanadas regulares. Sus ojos no miraban lo mismo, el mayor lo sabía muy bien. Él miraba los barrotes torneados de la cama y, tras ellos, la ventana que daba al río; el niño contemplaba algo indeterminado, sometido a un impulso imposible de descifrar. Al hermano mayor le parecía bien. Él sería sus ojos. Le hablaría de la cama y de la ventana, de la espuma blanca del torrente, de la montaña que se alzaba más allá del patio, del suelo de pizarra azul oscuro, de la puerta de madera, del amparo del viejo muro, de nosotras, las piedras, y de nuestros reflejos cobrizos, de las flores que brotaban en las macetas barrigudas, con sus pequeñas asas que parecían orejas. Cuando estaba con el niño, el hermano mayor se mostraba paciente. Durante mucho tiempo, su fría compostura había sido la mejor estrategia para calmar cualquier inquietud. Le gustaba provocar acontecimientos, no esperar a que ocurrieran. Los otros lo seguían, deslumbrados por aquel ímpetu firme y meridiano. Lo cierto era que temía tanto quedar a merced de algo que prefería tomar la iniciativa. Así, antes de enfrentarse al miedo que le producía el alboroto de un patio de recreo, la oscuridad total de la noche montañosa o el ataque de los murciélagos enanos, había tomado el control. Y se había lanzado al patio del colegio, a la noche o al sótano abovedado, infestado de murciélagos enanos que echaban a volar en todas direcciones, presos del pánico que aquella intrusión les provocaba.

Pero, con el niño, nada de esto funcionaba. El niño estaba allí, sencillamente. No había nada que temer, puesto que no suponía ninguna amenaza ni promesa. Para el hermano mayor fue como una rendición. Ya no merecía la pena adelantarse a los acontecimientos. Ahora había algo que le incumbía, un mensaje procedente de algún lugar lejano que exigía la quietud de las montañas, la presencia inmemorial de una piedra o de un riachuelo, cuyas existencias se bastan a sí mismas. Estaba en juego la sumisión a las leyes del mundo y a sus contratiempos, sin rebeldía ni amargura. El niño estaba allí, evidente como una ondulación del terreno. «Más vale tener que desear», se decía, recordando un proverbio de la región. No había necesidad de rebelarse.

Lo que más le gustaba era la imperturbable bondad, la candidez elemental del niño. El perdón formaba parte de su naturaleza, ya que no juzgaba a nadie. Su alma desconocía qué era, en modo alguno, la crueldad. Su felicidad se basaba en cosas sencillas: el cuerpo limpio, la tripa llena, la suavidad de su pijama violeta o de una caricia. El hermano mayor comprendió que tenía ante sí la experiencia misma de la pureza. Semejante descubrimiento lo conmovió. Junto al niño, dejó de provocar a la vida por miedo a que se le escapase. La vida estaba allí, al alcance de la mano, ni temerosa ni combativa, simplemente allí.

• • •

Poco a poco, fue decodificando sus llantos. Aprendió a distinguir si lloraba porque le dolía la tripa, porque tenía hambre o porque se encontraba mal. Sabía cosas que no debería haber descubierto hasta mucho más tarde, como cambiar un pañal o dar un puré de verduras. Actualizaba de manera periódica su lista de la compra: que si otro pijama violeta, que si nuez moscada para aromatizar los purés, que si agua limpiadora. Le daba la lista a su madre, que cumplía la tarea con un brillo de agradecimiento en la mirada. Le gustaba la serenidad del niño cuando olía bien y estaba calentito. Entonces la criatura se estremecía de gusto, su voz se elevaba en el aire como un cántico antiguo, sus labios dibujaban una sonrisa, sus pestañas aplaudían, su voz se intensificaba en una melopea que no significaba más que la satisfacción de las necesidades primarias, y quizá también de la ternura recibida.

El hermano mayor le tarareaba algunas cancioncillas, y es que pronto entendió que el oído, el único sentido que le funcionaba correctamente, era una herramienta prodigiosa. El niño no podía ver, ni asir, ni hablar, pero podía oír. Así que el mayor moduló su voz. Le susurró los distintos verdes que el paisaje desplegaba ante sus ojos: el verde almendra, el verde intenso, el verde bronce, el verde pálido, el verde brillante, el verde canario, el verde mate. Quebraba ramitas de verbena seca junto a su oído, produciendo un ruido como de cizalla que alternaba con el chapoteo de un barreño lleno de agua. A veces nos sacaba del muro del patio y nos dejaba caer desde unos pocos centímetros de altura, de modo que el niño percibiera el impacto sordo de una piedra contra el suelo. Le contaba la historia de los tres cerezos que un campesino había llevado tiempo atrás desde un valle lejano, sobre sus hombros. El hombre había subido la montaña y la había vuelto a bajar, encorvado por el peso de aquellos tres árboles que, en buena lógica, no tendrían que haber logrado sobrevivir con semejante clima y en semejante tierra. Sin embargo, los cerezos habían crecido milagrosamente y se habían convertido en el orgullo del valle. El viejo campesino repartía su cosecha de cerezas entre los vecinos, que las degustaban con solemnidad. En primavera, sus flores blancas tenían fama de dar buena suerte. Se las ofrecían a los enfermos. Con el tiempo, el campesino murió. Y los tres cerezos siguieron sus pasos. Nadie buscó una explicación, pues saltaba a la vista, las ramas súbitamente marchitas eran la mejor prueba de ello: los árboles acompañaban a quien los había plantado. Nadie se atrevió a tocar aquellos troncos secos y grisáceos que parecían estelas y que el hermano mayor describía al pequeño con todo detalle. Nunca le había hablado tanto a nadie. El mundo se había transformado en una burbuja sonora y cambiante, donde todo podía traducirse a través del ruido y de la voz. Un rostro, una emoción, un hecho pasado tenían su correspondencia acústica. Así, el hermano mayor le hablaba de aquel país en que los árboles crecían sobre la roca, repleto de jabalíes y de aves rapaces, de aquel país que se rebelaba y reclamaba lo que era suyo cada vez que alguien construía un murete, un huerto, una pasarela, e imponía su pendiente natural, su vegetación, sus animales, exigiendo ante todo humildad al hombre. «Es tu tierra, escúchala», le decía. La mañana de Navidad estrujó el papel de los regalos y le contó, con todo detalle, la forma y los colores del juguete que no llegaría a usar. Sus padres lo dejaron hacer, algo perplejos, ocupados antes que nada en mantener el tipo. Los primos, en un arrebato de amabilidad resignada, empezaron a describir en voz alta, ellos también, los juguetes y, ya puestos, el salón, la casa, la familia, hasta tal punto de delirio que el hermano mayor no pudo evitar reírse.

Cuando la casa aún duerme, él se levanta. Todavía no es un mozo, pero ya no es exactamente un niño. Se echa una manta sobre los hombros. Sale al patio y se acerca al muro. Apoya la frente contra nosotras. Pone las manos a la altura de la cabeza. ¿Es una caricia o el gesto de un condenado? No dice nada, inmóvil en la gélida oscuridad, rozándonos con la cara. Inhalamos su aliento.

Cuando hace bueno y la montaña parece desentumecerse con los primeros rayos de sol, el hermano mayor se dirige a la parte posterior de la casa. El terreno se eleva a contracorriente del río, y eso multiplica las cascadas. Avanza con precaución, llevando en brazos a ese niño grande cuya cabeza se balancea. Contra sus riñones rebota una mochila en la que guarda una botella de agua, un libro y una cámara de fotos. Alcanza el lugar en que el terreno se vuelve llano. Las piedras forman una pequeña playa. Acuesta el cuerpo con delicadeza, una mano siempre en la nuca. Le acomoda el tronco, desplaza ligeramente el mentón para que quede a la sombra de un inmenso abeto. El niño suelta un suspiro de satisfacción. El hermano mayor frota las agujas, que desprenden un olor a melisa, y se las pasa por debajo de la nariz. Estos abetos no son originarios de aquí, los plantó su abuela hace mucho tiempo. La montaña debió de gustarles, pues arraigaron y crecieron, aunque su majestuosidad se ha vuelto algo molesta. Son innumerables las ramas que caen sobre los postes eléctricos, la tierra se ve privada de luz por sus copas. Al hermano mayor siempre le han parecido una anomalía y no es casualidad que acueste al pequeño debajo.

Le encanta este lugar. Se sienta junto al niño. Dobla las piernas y se agarra las rodillas con los brazos. Lee un rato y, luego, permanece en silencio. No le describe nada. Deja que el mundo vaya a su encuentro. Las libélulas color turquesa zumban al pasar junto a sus oídos. Los alisos extienden sus ramas sobre el agua, creando estancamientos de lodo cenagoso. Los árboles forman dos muros que flanquean el lecho del río y, si tuviera imaginación, el hermano mayor podría pensar que está en un salón, con el suelo de piedra y el techo de abeto. Toma algunas fotografías. A esta altura el río es manso, tan transparente que puede verse la alfombra de guijarros dorados que hay al fondo. Luego la superficie se encrespa y se precipita en borbotones blancos que van a dar a pozas inmóviles, que a su vez van estrechándose y formando cascadas. El hermano mayor escucha el discurrir del río, impetuoso. A su alrededor, los protegen las murallas ocres y verdes de las ramas ondulantes como manos, y las flores con forma de confetis.

A menudo su hermana lo acompaña. Sólo se llevan dos años, pero a veces parecen dos décadas. El mayor mira cómo avanza lentamente por el agua helada, metiendo la barriga y separando bien los dedos. Algunas veces, acuclillada con los pies en el agua, concentrada, intenta atrapar algún zapatero de los que se deslizan por la superficie y lanza un grito de júbilo cuando lo consigue. Chapotea, salta, construye con piedras una presa o un pequeño castillo. Inventa historias, posee la imaginación que él no tiene. Un palo se convierte en una espada, la cáscara de una bellota en un casco. Habla en voz baja, concentrada. La luz baña su pelo castaño, demasiado largo, que ella se aparta de la cara con un gesto de impaciencia. Al hermano mayor le encanta verla exprimiendo la vida. Se da cuenta de que ya no necesita manguitos para nadar. Que los hombros no se le queman, gracias al protector solar. De repente, se acuerda del nido de avispones que el verano anterior se escondía en el gran abeto. Se levanta, comprueba que no esté y se vuelve a sentar. Permanece allí, en vilo pero contento, rodeado de sus seres queridos, su hermana, su hermano y nosotras las piedras, con forma de cama o de juego.

Poco a poco, el niño fue conociendo su voz. Empezó a sonreír, a balbucear, a llorar, a expresarse como un lactante mientras su cuerpo crecía. Como estaba siempre tumbado y no masticaba, se le hendió el paladar.

Su cara, de hecho, se hizo más ovalada, agrandándole aún más los ojos. El hermano mayor se pasaba largos ratos intentando seguir el movimiento de sus pupilas negras, que parecían bailar lentamente. Nunca pensaba en los otros niños que, a su misma edad, estarían haciendo tantos progresos. No lo comparaba con nadie. Menos por un acto reflejo de protección que en aras de una felicidad plena, completa, tan original que la norma le parecía insulsa. Por consiguiente, le traía sin cuidado.

Bastaba con poner al niño en un sofá, con la cabeza encajada en un cojín, para hacerlo feliz. Se limitaba a escuchar. Junto a él, el hermano mayor aprendió a disfrutar de las horas muertas, de su inmóvil plenitud. Se fundió con él, se mimetizó para tener acceso a una sensibilidad excepcional (un crujido a lo lejos, el enfriamiento del aire, el murmullo del álamo cuyas hojitas, mecidas por el viento, brillan como lentejuelas, la densidad de un instante cargado de angustia o colmado de alegría). Era un lenguaje de los sentidos, de lo ínfimo, una ciencia del silencio, algo que no podía aprenderse en ninguna otra parte. A un niño fuera de la norma le correspondía un saber fuera de la norma, pensaba. Aquel ser no iba a aprender nunca nada, pero iba a enseñar mucho a los demás.

La familia compró un pájaro para que el niño lo escuchara piar. Se acostumbraron a encender la radio. A hablar fuerte. A abrir las ventanas para dejar entrar los sonidos de la montaña y que el niño no se sintiera solo. La casa se llenó del ruido de las cascadas, de los cencerros de las ovejas, de balidos, de ladridos, del canto de las aves, de truenos y de cigarras. El hermano mayor, por su parte, no se entretenía al salir del colegio. Corría hacia el autobús. Su cabeza ya estaba muy lejos de allí. ¿Queda jabón de niños para el baño, suero fisiológico, zanahorias para el puré? ¿Estará ya seco el pijama violeta de algodón? No iba a casa de sus amigos. No se fijaba en las chicas, no escuchaba música. Se pasaba el tiempo trabajando.

El niño cumplió cuatro años. Costaba más llevarlo en brazos, pues no dejaba de crecer. Lo vestían con pijamas que parecían chándales, cuanto más gruesos mejor, ya que la inmovilidad lo hacía muy sensible al frío. Había que cambiarlo de posición con frecuencia, pues de lo contrario le salían ronchas rojas en la piel. El hecho de estar tanto tiempo tumbado le había provocado además una luxación en la cadera. No le causaba dolor, pero le hacía arquear las piernas, unas piernas delgadas y pálidas, de una palidez casi tan traslúcida como su cara. El hermano mayor le masajeaba a menudo los muslos con aceite de almendra. Y es que era consciente de la importancia del tacto. Abría con delicadeza las manitas siempre apretadas del niño, para ponerlas sobre distintos materiales. De la escuela trajo fieltro. De la montaña, ramitas de roble verde. Le acariciaba el interior de las muñecas con una ramita de menta, hacía rodar avellanas por sus dedos, le hablaba todo el tiempo. Los días de lluvia abría la ventana y le sacaba el brazo para que notara el contacto del aguacero. O le soplaba suavemente en la boca. Con frecuencia se producía el milagro. La boca del niño se abría en una enorme sonrisa, acompañada de un hilo de voz alborozada. Era una voz plácida, algo simplona, que de pronto desaparecía para volver a surgir, algo más aguda, algo más clara, como si fuese una música, pensaba el hermano mayor. No se preguntaba, como hacían sus padres por la noche, qué voz habría tenido si hubiese podido hablar, cuál habría sido su carácter, si jovial o taciturno, si casero o revoltoso, cómo habría sido su mirada si hubiese podido ver. Lo aceptaba tal cual era.

Una tarde de abril, durante las vacaciones de Semana Santa, el hermano mayor aprovechó que sus padres tenían que hacer compras para llevarlo al parque. Era un espacio verde a la salida del pueblo, jalonado de columpios y toboganes. Los padres aceptaron con un gesto de inquietud, prometieron darse prisa y se dirigieron al colmado. El mayor sacó al pequeño de la silla especial del coche, lo cual exigía ya mucha pericia. Tenía que meter el antebrazo por debajo de las nalgas y sujetarle la nuca al mismo tiempo. Notaba en el cuello su aliento. Empezaba a pesar lo suyo. De lejos, cualquiera habría dicho que se trataba de un niño desfallecido.

Cruzó la carretera, franqueó el portón y lo acostó delicadamente sobre la hierba. Se tumbó de espaldas a su lado y le describió en voz baja el paisaje que los rodeaba. Los gritos procedentes del arenero, el chirrido de los columpios, el eco lejano de un mercado los envolvían en una guata sonora. Terminaba las frases con un beso en los puños de su hermano. Espantaba las moscas, por miedo a que un insecto entrara en la boca del niño (que respiraba con los labios entreabiertos, por culpa del paladar hendido). De pronto, una sombra le cubrió el rostro. Oyó una voz.

—Perdona que me meta donde no me llaman, hijo, pero es que me da mucha lástima. De verdad te lo digo. ¿Qué haces ocupándote de un monito? ¿Es para ganar dinero?...

Se trataba de una madre de familia, con las más loables intenciones —pero también los grandes asesinos suelen hacer gala de ellas—. El hermano mayor se incorporó, apoyándose en los antebrazos. La mujer no era del pueblo. Y no parecía mala persona.

—Pero, señora, si es mi hermano —respondió.

La mujer tosió, visiblemente incómoda. Se dio la vuelta y se marchó farfullando palabras incomprensibles. Al principio el hermano mayor no sintió ni pena ni rabia. Desconocía la mala voluntad. Aquella mujer no estaba bien de la cabeza, eso era todo. Y el niño tenía derecho a su porción de bienestar.

Más tarde llegaría la incomodidad ante las miradas lanzadas al cochecito, un sentimiento de vergüenza que viviría como una traición hacia su hermano. Se empezaría a trazar entonces la invisible pero inmensa frontera que lo separaba de *ellos*, convencidos de su fatua normalidad. Ellos: la arrogancia estridente de las familias, seres de tumulto y alboroto, llenos de vida, ignorantes de los cuerpos amorfos y los paladares hendidos, ufanos en sus coches sin sillas especiales; las ridículas penas de los compañeros de clase, cuyo universo podía tambalearse debido a una mala nota; las sonrisas insoportablemente amables, incluso compasivas, que casi harían preferible una mueca de repugnancia; cientos de miles de minúsculas circunstancias que condenarían al hermano mayor a la soledad. Y así, por fuerza, la montaña aparecía como una masa desprovista de moral, acogedora del modo en que lo son los animales. Cobraba sentido la etimología de refugio, ya que *fugere* significaba huir. La montaña permitía el repliegue, un paso hacia atrás para alejarse del mundo. Aunque al mismo tiempo —el hermano mayor lo sabía bien— tendría que transigir con *ellos*, porque *ellos* eran la vida mayoritaria y bulliciosa. No era conveniente cortar de raíz toda relación. El hermano mayor los consideraba como un abrevadero donde saciar su sed de normalidad. Una merienda de cumpleaños, un concurso de tiro con arco, una cena con amigos de sus padres, una visita al supermercado aliviaban su aislamiento, le recordaban que los otros nos mantienen en pie, refrendaban su pertenencia, latían como un gran corazón. En la cola del supermercado, esperando su turno en el comedor del colegio, en el zaguán de una casa decorada con globos, el hermano mayor podía fingir que era como los demás. Puesto que el carrito estaba lleno de pañales, de botecitos y de aceite de almendra dulce, podía fingir que había un bebé en casa. Cuando iba a la de los compañeros y le preguntaban: «¿Cuántos hermanos y hermanas tienes?», respondía que «dos». Luego hacía algún quiebro para no tener que contestar a la siguiente pregunta: «¿Y a qué clase van?» Había aprendido a disimular. Y se avergonzaba de ello. Le habría encantado poder decir «dos, uno de ellos discapacitado» y pasar luego a otra cosa, como si fuese lo más natural del mundo. Sin embargo, se sentía culpable. Los terribles *otros* tenían el poder de crear una falta donde no la había, como aquella camioneta abigarrada de colores, con la música a todo volumen, que recorría el valle cada verano vendiendo buñuelos de castaña. Los primos esperaban la llegada de la camioneta, los adultos salían de sus casas con el monedero en la mano. En cuanto compraban los buñuelos, los niños los devoraban y suplicaban a sus padres que pidieran más. Cuando el hermano mayor oyó las primeras notas de la camioneta, estaba en el vergel, varios metros por debajo de la carretera, a la orilla del río, recogiendo manzanas en un paño de cocina. No eran comestibles, pues estaban llenas de gusanos o picoteadas por los pájaros, pero no tenía importancia. Había llevado hasta allí al niño con su tumbona para hacerle sentir, en la palma de la mano, la forma redondeada de las reinetas. Le gustaba mucho aquel lugar fresco, lleno de árboles con los troncos protegidos por mallas, nada más pasar el puente. Como quedaba por debajo de la carretera, los coches no los veían. En cualquier caso, al oír el motor, el hermano mayor levantó la cabeza. La camioneta pasó unos metros más arriba y el enjambre de primos salió a su encuentro. ¿Qué debía hacer? ¿Permanecer allí y quedarse sin buñuelos? Ni pensarlo. ¿Volver discretamente, lastrado por el peso de aquel niño blandengue? De ninguna de las maneras. Así que, ni corto ni perezoso, tiró las manzanas que había recogido, sacudió el paño y cubrió al niño con él. Subió la pendiente, llegó a la carretera, cruzó el puente y se dirigió a la camioneta sin mirar atrás.

Se mezcló con los primos excitados, ayudó a su hermana a desenvolver los buñuelos. Sonrió como los demás. No tuvo el coraje de volver la vista hacia el vergel. El buñuelo sabía a cartón.

Cuando la camioneta se fue y desapareció por la estrecha carretera, el hermano mayor se escabulló discretamente y echó a correr. Estuvo a punto de derrapar con la gravilla de la cuesta que llevaba hasta el vergel. Vio la hierba, la sombra danzarina de las ramas, la estructura de la tumbona y, por último, el paño blanco del que sobresalían mechones de pelo castaño y dos puñitos apretados; las manzanas estaban desparramadas por el suelo. El niño no lloraba, entretenido con el suave material que lo cubría. Como tenía la cabeza ladeada, había podido respirar. El hermano mayor se arrodilló, con un nudo en la garganta. Apartó el paño. Enderezó con delicadeza la cabeza del niño. Murmurando «perdón» repetidas veces, puso su mejilla contra la de su hermano, que no emitió sonido alguno, limitándose a parpadear, molesto por las gotas tibias y saladas que caían sobre su rostro.

Hasta entonces, hasta el momento en que aquella madre de familia intervino en el parque, el hermano mayor no conocía lo nocivos que podían ser los otros, su estupidez y su tiranía. Ya podían pasar las camionetas, que a él tanto le daba. Su hoja de ruta era hacer como la montaña: proteger. La inquietud marcaba su vida. Tocaba las manos del niño para comprobar la temperatura, le ponía bien la bufanda a su hermana, le prohibía acercarse a las *rayoles*, las pequeñas ovejas nerviosas que avanzaban en apretada fila por la carretera. Un buen día, la niña llegó con un lirón herido y él le ordenó que lo tirara al agua. Sentía hacia su hermana el mismo reflejo protector que iba a impedirle tiempo después tener hijos. Estremecerse ante cualquier ruido, temer siempre lo peor no da estabilidad a nadie. Era el precio que debía pagar, pensaba. Era su misión, grabada tan profundamente como las estrías ocres que adornan las piedras. El día en que talaron el inmenso cedro que había junto al molino, todo el mundo fue a buscarlos para que vieran el espectáculo. No los encontraron por ningún lado. El hermano mayor, temeroso de que una rama hiriese a su hermana, se la había llevado montaña arriba a coger espárragos. Se pasaron la mañana agachados, escudriñando las plantas erizadas de espinas. Lo castigaron, pero permaneció impasible, pues para él no había discusión. Talar un cedro era peligroso, así que había alejado a su hermana. Era inapelable, ya que en esta vida la felicidad puede revertirse en cualquier momento. Y es que una infancia puede malograrse, un cuerpo puede fallar, unos padres pueden sufrir. En una ocasión, un profesor le preguntó qué le gustaría ser cuando fuese adulto.

—Hermano mayor —respondió.

La niña, en cambio, se mostraba despreocupada. Crecía sana y hermosa. Algunas veces disfrazaba a su hermanito, como si fuese una muñeca viviente. Al hermano mayor no le hacía ninguna gracia. Fruncía el ceño y le quitaba el maquillaje, el sombrero de encaje, las pulseras. Pero no se lo recriminaba. Encontraba en ello el consuelo de una vitalidad, de un ajetreo que le sentaba bien, agradecía el contraste con aquel ser que permanecía inerte como un anciano. Sacaba de su hermana la alegría que a él le faltaba. Ella no parecía comprender realmente la situación. Seguía haciendo preguntas, cogiéndose berrinches, echando a volar la imaginación. Seguía siendo una niña. Él envidiaba aquella dulce inocencia, hasta el día en que una niña de la aldea vecina fue a jugar con ella al patio. Señaló al hermano mayor con la barbilla y le preguntó si tenía más hermanos o hermanas. Y ella contestó que no.

Un día, la guardería adonde llevaban al niño les comunicó que ya no podía ocuparse de él. Era un local situado a la entrada de la ciudad y normalmente se hacía cargo de los niños con problemas, a la espera de ver su evolución o mientras los padres encontraban algo más adecuado, incluso si tenían alguna ligera discapacidad, aunque no tan grave como la de aquel niño. El personal no contaba con el material necesario, y aún menos con formación específica. Además, desde hacía algún tiempo el niño sufría temblores nerviosos. Se ponía a parpadear a toda velocidad y los puños se le movían de manera espasmódica. Pequeños ataques de epilepsia, había diagnosticado el especialista, nada dolorosos y que se solucionaban con unas gotas de Rivotril, pero tan espectaculares que asustaban a cualquiera. Por si no bastara, el niño se había atragantado en más de una ocasión y las trabajadoras de la guardería, asustadas ante aquellos ataques de tos, se sentían sin recursos para afrontar la situación. Por no hablar de la epidemia de gripe, que podía acabar con un cuerpo tan frágil. Había que encontrarle «una plaza». ¿Existían organismos, instituciones, centros especializados?, preguntaron los padres. Muy pocos. El país exigía solidez, piezas bien engranadas. Los diferentes molestaban. No había nada previsto para ellos. Los colegios les cerraban la puerta, los transportes no estaban equipados, la red viaria estaba llena de trampas. El país ignoraba que, para algunos, un escalón, un bordillo o un agujero eran sinónimo de precipicio, de muralla o de abismo. Así que un lugar específico para discapacitados... Nosotras podíamos escuchar, o adivinar, a través de la puerta abierta del patio, fragmentos de conversación y voces cargadas de preguntas. A lo largo de los años asistimos a numerosos momentos de soledad como aquéllos. Porque los padres estaban solos. Se acostumbraron a ir a la ciudad para maratones administrativas. Los veíamos salir a primera hora, subir hasta el pequeño aparcamiento y meterse en el coche. Se llevaban dos bocadillos, una botella de agua. Aquellos viajes podían durar el día entero. En los ayuntamientos, en los servicios sociales, en las instituciones supuestamente dedicadas a ayudar a las familias, en los ministerios, las dificultades se multiplicaban, dejándolos con el agua al cuello. El proceso era gélido, inhumano, lleno de acrónimos, MDPH, ITEP, IME, IEM, CDAPH. Sus interlocutores se mostraban absurdamente puntillosos u odiosamente indolentes, según los casos. Los padres lo comentaban en voz baja por las noches. Tuvieron que someterse a reglas estúpidas. Los hicieron entrar en salas grises donde los esperaba un comité que iba a decidir si sí o si no, si cumplían los requisitos para una ayuda, un recurso, una etiqueta, «una plaza». Tuvieron que demostrar que, desde el nacimiento del niño, su vida había cambiado por el incremento de gastos; demostrar también que su hijo era diferente, adjuntar certificados médicos y resultados neuropsicométricos, clasificarlos en sobres más preciosos aún que sus propias carteras. También les pidieron que elaboraran un «proyecto de vida», puesto que el anterior había quedado desfasado. Los padres se cruzaron con otros padres destrozados, con problemas económicos, pues las ayudas tardaban en llegar, o desconcertados porque un departamento no había enviado el dosier a otro departamento, y porque en caso de cambio de domicilio había que empezar de cero. Descubrieron la obligación de demostrar, cada tres años, que su hijo seguía siendo discapacitado («¡¿Acaso cree que le han crecido las piernas en tres años?!», gritaba una madre frente a un mostrador). Vieron cómo una pareja se desmoronaba porque, al parecer, la discapacidad de su hijo no era suficiente para recibir la ayuda, pero era excesiva para integrarse en la sociedad. La madre había dejado de trabajar para ocuparse de la criatura porque nadie se hacía cargo de ella. Los padres descubrieron la inmensa tierra de nadie de los márgenes, habitados por seres sin cuidados, sin proyectos y sin amigos. Descubrieron que la enfermedad mental, una discapacidad invisible, añadía una dificultad suplementaria: «¿Qué pasa, que mi hija tiene que ser deforme físicamente para que mueva usted el culo?», estalló un padre en la recepción de un centro de salud que atendía sólo por las mañanas. En más de una ocasión, el hermano mayor vio a sus agotados padres levantarse temprano, volver con las manos vacías, rellenar papeles, dosieres, hacer cola, salir en busca de certificados, pasarse horas al teléfono, dar una fecha o un dato equivocados; implorar, en definitiva, pensaba, de modo que acabó desarrollando un odio infinito hacia la administración. Fue el único sentimiento negativo que se le enquistó de manera definitiva, hasta el punto de que, una vez adulto, no pudo volver a acercarse a ninguna ventanilla, del tipo que fuera, ni suscribirse a nada, ni rellenar ningún formulario. No renovó sus tarjetas ni sus abonos, prefirió pagar multas y sobrecostes antes que tener relación con cualquier tipo de burocracia. No solicitó jamás ningún visado, jamás puso los pies en ninguna notaría ni en ningún tribunal, nunca tuvo coche ni casa en propiedad. Nadie llegó a entender jamás semejante bloqueo, excepto su hermana, que sabía cómo declarar los impuestos con retención a cuenta, anular un contrato de telefonía, pagar un seguro médico. La única excepción fue la renovación del carnet de identidad, que exigía la presencia del interesado. La hermana gestionó la cita, rellenó los papeles, lo acompañó sin atreverse a dirigirle la palabra, pues su hermano mayor, tieso y sudoroso en la silla de plástico, parecía pedir a gritos que lo sacaran de allí.

Al borde de las lágrimas, los padres barajaron otras alternativas. Buscaron algo más lejos, más específico, más caro. Incluso llegaron a plantearse mandar a su hijo al extranjero, a un país que no considerase a los atípicos una carga. Pero renunciaron porque la sola idea de saber a su pequeño tan lejos los abrumaba. Al caer la noche, en el patio, la madre se secaba las lágrimas y encendía un cigarrillo. El padre le ofrecía más infusión de verbena, detenía el gesto e iba a buscar una botella de vino.

Oyeron hablar de una casa. De una casa aislada, a cientos de kilómetros, con forma de L, en medio de un prado, llena de niños como el suyo, que regentaban con mimo unas monjas. Pero ¿dónde vivían aquellas mujeres, volvían a sus casas por las noches, serían de la región? ¿Sabrían que el niño era friolero pero que la lana le picaba, que le gustaba el puré de zanahoria y acariciar la hierba, que los portazos le hacían dar un respingo? ¿Y sabrían cómo hacer frente a un tembleque, a un atragantamiento o a un chalación, esa inflamación de los párpados que cada vez le afectaba con mayor frecuencia? El hermano mayor no obtuvo respuesta. Aborreció aquel paisaje llano y sin piedras, aquel clima benigno. Los muros que rodeaban la casa y el jardín le parecieron absurdos. Como si el niño pudiera escaparse corriendo, pensó. Tras franquear una verja azul, el coche avanzó por un camino de grava que rechinaba ensordecedoramente. La casa era de una sola planta, con el tejado de tejas y la fachada blanca, y por un instante, la nostalgia de los muros de color arena de su región, aquel tono tan particular del esquisto mezclado con la cal, le encogió el corazón. Se vio dando media vuelta, sacando al niño de la sillita del coche y huyendo por el llano, con una mano sujetándole la nuca. De hecho, tan sumido estaba en sus pensamientos que ni siquiera respondió al saludo de aquellas mujeres de la toca blanca.

El hermano mayor no salió del coche. Se negó a visitar las instalaciones y hasta a decir adiós. Se concentró en los ruidos, tal como el niño le había enseñado a hacer. El chasquido del maletero, el roce de la maleta al ser extraída (¿habían metido el pijama violeta, su preferido? ¿Y un canto rodado del río, una ramita, algo que le recordara las montañas?), pasos sobre la grava, el chirrido de la verja, silencio, el gorjeo de algunos pájaros que no reconoció, nuevo ruido de pasos, el golpe seco de la puerta del coche, el ronquido del motor. Fijó los ojos negros en el prado y volvió a su vida.

El padre hizo bromas sobre las monjas, los primos llamaron y se rieron del infortunio de tener que relacionarse con «los papistas», pero todo el mundo pareció aliviado al saber que el niño estaba en buenas manos. Todo el mundo, menos el hermano mayor.

En su fuero interno se instaló la tristeza. Procuraba evitar los almohadones del sofá, que aún conservaban la forma de su cuerpo. No volvió a la orilla del río. Dejó de hacer listas, cambió sus costumbres matutinas. Empezó a entretenerse a la salida del colegio, pues ya nadie necesitaba que le cambiara los pañales ni le diera el puré de zanahoria.

Se cortó el pelo, empezó a usar gafas. Se centró en su nuevo instituto como sólo pueden centrarse aquellos cuya memoria los desborda, con una seriedad intimidadora. Los otros permanecían a su alrededor, aquellos mismos otros que habían levantado, con una simple mirada, un muro entre su hermano y el resto del mundo. Tendría que acostumbrarse. Era consciente de ello. Los integró en su vida lo bastante como para que no lo marginaran, pero no lo suficiente como para sincerarse y tomarles cariño. Se mezcló con unos y otros, encontró siempre a alguien con quien comer en el autoservicio, acudió a algunas fiestas. Procuró no estar solo por muy solitario que fuera. Era todo puro cálculo y apariencia. Se despertaba siempre con los ojos llorosos, ya que en cuanto los abría oía el murmullo del río y, de inmediato, tomaba conciencia de la pequeña cama sin sábanas, a dos pasos de su cuarto. Entonces se le endurecía el corazón, notaba físicamente cómo se le apelmazaba, cómo se convertía en un bloque compacto y pesado, y a continuación explotaba sin hacer ruido, liberando miles de esquirlas afiladas que rasgarían la jornada que tenía por delante. Se tocaba el pecho y se extrañaba de que no sangrase. Le costaba respirar y permanecía así un buen rato, con los pies descalzos sobre las baldosas y el tronco inclinado. Sacaba de donde podía fuerzas para levantarse, pasar por delante de la habitación de su hermano y enfrentarse a la bañera vacía. Encima del lavabo, el frasco de aceite de almendra dulce ya no servía para nada.

Adondequiera que fuese, tenía que soportar aquella ausencia física. Eso era lo más duro. El tacto de su piel pálida y suave, el roce mejilla-contra-mejilla, su olor, la textura de su cabello y sus ojos negros vagando por el espacio. El gesto de cogerlo por las axilas, el contacto del cuerpo contra su pecho al levantarlo, la respiración en su cuello. El olor a flor de naranjo. Su apacible inmovilidad y aquella dulzura, ah, aquella inmensa dulzura que le daba la vida. Tenía que afrontar también la inquietud permanente de saber si lo estarían cuidando bien. Le aterrorizaba pensar que pudiera pasar frío. Que mientras él, el hermano mayor, hacía los deberes, se sentaba en el autobús o recogía los primeros higos, justo en aquel preciso instante, el niño pudiese pasar frío. La superposición de aquellas dos temporalidades le resultaba intolerable. A todo ello se sumaba el temor de que unas manos incompetentes lo estuvieran maltratando. Cuando esto le ocurría, solía volver al vergel en el que había cubierto con un paño al niño, y miraba las manzanas esparcidas por el suelo. Sabía perfectamente que era inútil quedarse allí plantado, perdido en sus recuerdos, pero no podía evitarlo. Era una manera de apaciguar su corazón enloquecido, una forma de estar con su hermano.

Un día sus padres lo llevaron a la boda de una prima. No le gustaban las muchedumbres, menos aún la ropa arreglada y las fórmulas de cortesía, pero sabía comportarse, y además sus padres parecían felices. Su madre se había alisado el pelo, su padre estaba pendiente de ella, y ella sonreía. Sentados alrededor de aquella mesa redonda en medio de la hierba, con las montañas como telón de fondo, sintió algo parecido a un respiro. Para la gente como él, dichas celebraciones suponían una tregua. Buscó con la mirada a su hermana, la divisó entre los deportistas que se entrenaban sobre unos aparatos colocados entre dos árboles, y de pronto se oyó una frase, algo parecido a: «Amar no es mirarse el uno al otro, es mirar juntos en la misma dirección.» La había pronunciado en el micro uno de los testigos. Una frase que, inevitablemente, se pronunciaba en cada discurso de boda; por lo visto, era de Saint-Exupéry, y al hermano mayor le pareció de una estupidez supina. Había en ella una lógica de equipo, no de pareja. Extraño mundo ese en el que se asocia el amor a un objetivo, qué lástima no entender que el amor, por el contrario, significa sumergirse en los ojos del otro, incluso si son ciegos. Se sintió solo. Miró fugazmente a su alrededor. Los invitados escuchaban el discurso. Habría dado lo que fuera por que su hermano estuviese allí. Lo habría tumbado en la hierba y habría clavado su mirada en él. Recordó el impacto que había experimentado cuando su profesora de Literatura les había hecho estudiar el mito de Tristán e Isolda. ¡Ay, si esos dos hubieran tenido que «mirar juntos en la misma dirección»! Se habían fundido el uno con el otro, precisamente; y el hermano mayor, que prefería las matemáticas a la literatura, sentía sin embargo debilidad por aquellos dos amantes. Comprendía muy bien el desprecio a las reglas cuando un amor poderoso lo exige.

En su nuevo instituto, el oído tan sensible que había desarrollado lo hacía sobresaltarse ante el menor sonido. Odiaba las estampidas, los gritos, las exhortaciones que se lanzaban unos grupos a otros al llegar a la verja. Pero no lo dejaba traslucir. Y eso que el ruido podía hacer que se le saltaran las lágrimas, pues se ponía a buscar la presencia tierna y el silencio, la respiración regular. En el fondo, pensaba, el inadaptado soy yo. Y la idea de que en aquel preciso instante su hermano pudiese estar respirando sin que él lo viera, que siguiera existiendo alejado de él, le provocaba un dolor tan agudo que había desarrollado estrategias de defensa. Dejó de leer y se centró en las ciencias. Las ciencias, al menos, no hacían daño. No construían ningún puente hacia la memoria, no apelaban a los sentimientos. Las ciencias eran como la montaña, puestas allí se quisiera o no, insensibles a las penas. Se caracterizaban por su precisión. Dictaban sus propias leyes, todo era correcto o falso, todo era calma o tempestad. El hermano mayor se sumergía en problemas geométricos, enigmas escritos sin palabras, una aritmética que pasaba las páginas como un manuscrito en lengua primitiva. Se trataba de demostrar algo. Era frío y reconfortante. En cuanto levantaba la cabeza, sentía contra aquellas monjas una rabia y unos celos incontrolables. Así que volvía a centrarse en los números.

Años más tarde comprendería que aquellas mujeres habían llegado también a un nivel inaudito de infralenguaje, capaces de comunicarse sin palabras ni gestos. Que habían entendido, desde hacía mucho tiempo, aquel amor tan particular. El amor más delicado, misterioso y volátil, basado en el agudo instinto animal que presiente y que da, que reconoce la sonrisa de gratitud hacia el instante actual sin plantear siquiera la idea de un retorno, una apacible sonrisa de piedra, indiferente al mañana.

· · ·

Cuando llegaban las vacaciones, la familia se desplazaba desde las montañas hasta el prado para recoger al niño. El hermano mayor avistaba la verja azul, escuchaba la grava bajo las ruedas. Pero no bajaba del coche. Las monjas aparecían en lo alto de la escalinata con el niño en brazos. Le sujetaban firmemente la cabeza, lo acomodaban con paciencia en la silla especial de la parte de atrás del coche. La madre le acariciaba el pelo, daba las gracias a las monjas. El hermano mayor mantenía la mirada fija al frente. Notaba los latidos del corazón en el estómago, en los dedos, en las sienes, tenía la sensación de que iba a estallar en mil pedazos. Sentía un efluvio distinto, ya no era aquel olor a flor de naranjo que tan bien conocía, sino un aroma más dulzón. Sentía también que no tardaría en inclinarse hacia el cuello del pequeño, en juntar sus mejillas y volver a notar aquel contacto que tanto había echado de menos. Entonces, en un gesto desesperado de resistencia, se quitaba las gafas. Así no había riesgo de verlo, gracias a la miopía. Porque verlo suponía empezar de cero. Enfrentarse de nuevo a todos aquellos días sin él, sin su piel suave y su sonrisa. Prepararse para una nueva despedida, aún más dolorosa. Verlo destruía de golpe todo el trabajo de firmeza realizado. Suponía echarse al suelo y morir.

Así que el hermano mayor guardó las gafas. Apretó los dientes durante todo el trayecto. Se obligó a mirar el paisaje borroso por la ventana. Las manchas verdes, blancas y marrones se sucedían a gran velocidad. Durante un instante, cedió a la tentación y giró la cabeza para echar un vistazo a la silla especial colocada junto a la otra ventanilla. Respiró aliviado al no distinguir nada, excepto quizá las pequeñas y delgadas pantorrillas que sobresalían del asiento. ¿Y qué era aquello que le habían puesto en los pies? Unas zapatillas de andar por casa, pero ¿de dónde habían salido? Interrumpió su examen y se obligó a volverse. Ignoró a su hermana, que lo observaba, se concentró en las manchas del exterior, se frotó los ojos, que le quemaban. Su madre cambió al niño en un área de descanso de la autopista, le dio de comer, le susurró algo al oído. Aquellos mimos tranquilizaron al hermano mayor. Pero siguió obstinadamente ciego ante el pequeño, temeroso de que la situación lo superase.

Atravesaron el patio. Primero la hermana, con paso decidido. Ya no era una mocosa, pero seguía siendo alegre y despierta, y cada vez estaba más pendiente de su hermano mayor. Ahora le tocaba a ella cuidarlo. Luego entró él. Con los brazos vacíos. Detrás, la madre con su hijo pequeño a cuestas, avanzando con precaución. El niño había crecido, la distancia había aumentado entre sus nalgas y su cabeza, y había que sujetársela sin doblarle la espalda. Lo recostó sobre los almohadones mientras abría la casa. Entonces vimos cómo el hermano mayor cogía una silla de plástico y se sentaba lejos del pequeño, entrecerrando los ojos. Intentaba verlo con más nitidez. No se había puesto las gafas, porque verlo era superior a sus fuerzas, pero el trayecto en coche le había hecho entender algo: que no verlo también era superior a sus fuerzas. Así que intentaba verlo *a pesar de todo*.

Lo hizo a lo largo de todas las vacaciones. Se instalaba en el patio, con la excusa de resolver algún problema matemático, y levantaba la cabeza. Con los ojos bien abiertos y el rostro crispado, intentaba distinguir a su hermano tumbado sobre los almohadones. Ya no le daba de comer, ni le hablaba, ni lo tocaba. Pero se pasaba mucho rato enjugándose las manos, con la cabeza vuelta hacia la bañera, mientras su madre lavaba al niño. Mondaba las legumbres junto al sofá e interrumpía a menudo el gesto, con el cuerpo en tensión fruto del esfuerzo y de una certeza: que no debía acercarse ni poner su mejilla contra la de él.

Como la miopía sólo le dejaba distinguir una silueta nebulosa, se concentró en el oído. Sabía cómo hacerlo. Escuchaba a su hermano respirar, toser, tragar saliva, suspirar, gemir. Por las noches se despertaba sobresaltado, ahuyentando de su cabeza imágenes nauseabundas. Apartaba las sábanas. Cruzaba descalzo la habitación, empujaba ligeramente la puerta, lo suficiente para ver los barrotes torneados de la cama. No se atrevía a ir más allá. Escuchaba la respiración del niño. Sobre todo, no debía acercarse. No se recuperaría de algo así. Permanecía tras la puerta, tembloroso y destrozado. Era absurdo. Pero así era. Ante semejante prueba, no le quedaba otra que adaptarse.

De noche, cuando se levanta y viene a pegarse al muro del patio, a apoyar la frente contra nosotras, pone las manos a la altura de la cara y empuja. Su cuerpo se tensa, listo para el combate.

Pasaron los meses. Un verano, el hermano mayor, hecho ya casi un hombre, se echó la mochila a la espalda para encontrarse con unos amigos en otro lugar de la región. Tenía previsto pasar unos días fuera. Se despidió de sus padres, cruzó el patio y, de pronto, le vimos dar media vuelta. ¿Por qué habría de extrañarnos? Las cosas no duran para siempre y también nosotras acabaremos convertidas en polvo. Para él, había llegado la hora de restablecer los lazos. ¿Fue por la inminencia de su partida o por el dolor acumulado durante aquellos meses lejos de su hermano? ¿Fue un signo de madurez o, por el contrario, de hartazgo por no alcanzarla, por no entrar en razón? Fuera como fuese, la certeza lo iluminó justo antes de cruzar la puerta de madera. No podía seguir viviendo «de lado». Lo había intentado. Se había quitado las gafas, iniciado otras relaciones, llenado sus días de presencias y acontecimientos. Se había esforzado como era debido, se había conformado con una silueta borrosa, había conseguido no acercarse a la cama del niño en las noches de insomnio. Y el resultado podía resumirse en aquellas pocas palabras: no podía seguir viviendo «de lado». El hermano mayor dejó la mochila en el suelo y subió la escalera.

Sus pasos lo llevaron a la fresca habitación. Empujó la puerta, caminó hasta la cama de volutas blancas. El niño, como de costumbre, estaba tumbado boca arriba. Había crecido. Llevaba un pijama violeta de la talla adecuada para un niño de diez años y zapatillas de andar por casa forradas con lana de borrego. Tenía los puños cerrados. La boca, entreabierta. Tal como lo recordaba. Sus ojos negros vagaban por el espacio, a menos que siguieran trayectorias tan precisas como indescifrables. Escuchaba el río y las cigarras a través de la ventana abierta. El hermano mayor se agarró a las volutas de la cama como si de una barandilla se tratara y se inclinó sobre el colchón. El niño tenía la cabeza vuelta hacia la ventana, como si le ofreciera su mejilla redonda y sedosa. El hermano mayor posó la suya en ella como el pájaro que vuelve al nido, con tal alivio que se le llenaron los ojos de lágrimas. Regresaron las palabras calladas durante meses. Le habló como en otro tiempo, sin esfuerzo, mejilla contra mejilla, con las entonaciones consabidas. Le contó su miserable artimaña, la de quitarse las gafas para no verlo ni aun queriendo, le contó el paso del tiempo sin él. Su corazón se fue abriendo como fruta madura. Sin embargo, el niño no sonrió, ni siquiera parpadeó. Miraba hacia otro lado y respiraba apaciblemente, como siempre. Ya no reconocía su voz. ¿Cuánto hacía que no le hablaba? Se incorporó, lívido, cogió la mochila y fue a reunirse con sus amigos.

Aguantó cuatro días. Al quinto, al alba, se puso a hacer autostop al borde de un castañar. Al mediodía empujaba con el hombro la puerta de madera, cruzaba el patio con gesto marcial, atravesaba el salón ante la mirada atónita de sus padres y enfilaba directamente hacia la escalera. Parecía que nada hubiera cambiado en aquellos cuatro días: la cama, el visillo inundado de sol ante la ventana abierta, el rugido del torrente.

Abrió de golpe la puerta. Se inclinó de nuevo sobre la cama, sofocado. Volvió a hablarle entrecortadamente, balbuceando, sin ocultar el miedo de saberse olvidado. Lloró como lo había hecho años atrás en el vergel, mojando la cara de su hermano, besándole los dedos. Le pidió perdón. Entonces el niño batió sus largas pestañas oscuras y estiró la boca. Brotó un hilo de voz, alegre y monocorde, dando paso en el último segundo a una tesitura ligera y volátil. El hermano mayor anunció que pasaría en casa lo que quedaba de verano.

La reconciliación siguió su curso. Un día sacó al patio un barreño con agua templada, unas tijeras y un peine. Se arrodilló junto a los almohadones y mojó delicadamente la cabeza del niño, dándole suaves golpes con una toalla. Primero le cortó el pelo de un costado, luego le cogió las mejillas con ambas manos y le dio la vuelta a la cara para repetir la operación en el otro costado. Le secó el cabello como si lo acariciara. Los viejos gestos volvían, intactos. Pero hacía falta tiempo, y el verano sólo dura dos meses. Cuando el coche se detuvo frente a la casa del prado, el hermano mayor no bajó del vehículo ni fue capaz de decirle adiós al niño.

Sin embargo, la vuelta al instituto fue menos dolorosa que otros años. Sabía que su hermano estaba fuera de peligro. Sabía que su propia vida estaba encarrilada. Por primera vez, ambas cosas coincidían. Pensaba en las monjas sin rabia alguna. Se ocupaban bien del niño. Estaba tranquilo. Se acordaba todos los días del canto alegre en la cama de las volutas, y sacaba del recuerdo la energía que necesitaba. Aparcaba las matemáticas para escuchar música o ir al cine, y descubrió los debates. Desde luego, se guardaba mucho de llevar la voz cantante, pues sabía que no tenía la soltura necesaria. Llevaba siempre en la recámara una lista de temas de conversación por si se hacía el silencio o surgía alguna cuestión incómoda, por si una frase lo removía o se acomodaban en un ambiente demasiado distendido. No podía flaquear. Lo tenía prohibido. El precio era demasiado alto. Nadie debía atravesar su coraza protectora, aunque en algunas ocasiones se permitió bajar la guardia. Hubo risas locas, momentos de despreocupación, incluso se echó una novieta. Era todo cuanto podía ofrecer. Cuando pensaba en su hermano, sonreía. Estaba lejos, pero estaba. Lo percibía en la ondulación apresurada de una culebra de agua, en el aire saturado por el polen de las flores blancas o al levantarse el viento. Entonces creía oír el estremecimiento de los árboles que bordeaban el río. La belleza estaría siempre en deuda con su hermano. Semejante convicción se convertía en músculo, en armadura. La perspectiva de volver a verlo en las siguientes vacaciones ya no le encogía el corazón. Al revés, se sentía embargado por la dicha, con suficiente fuerza como para no tener que guardar las gafas y poder disfrutar de su presencia. Estaba impaciente por recuperar la calma. Era un sentimiento nuevo e intenso. Al final, la prueba se había transformado en fortaleza. Ésa era su aportación: inadaptado, tal vez, pero ¿quién tenía el poder de enriquecer tanto a los demás? Su sola existencia era una experiencia incomparable. Y aunque el hermano mayor hubiera perdido la costumbre de sincerarse, de abrirse, de invitar a sus amigos, a cambio había recibido aquel amor precioso. Así que, por primera vez, sintió el deseo de bajarse del coche cuando llegaran a la casa del prado. A lo mejor iría incluso a charlar un rato con las monjas.

En este punto estaba de su renacimiento cuando le dieron la noticia de que había muerto. Tan plácidamente como había vivido, dijeron las monjas, con las que el hermano mayor no llegó nunca a charlar. Su frágil organismo había dicho basta, sólo eso. La renuncia había tenido la forma de una respiración que cesa, sin violencia. La epidemia de gripe amenazaba, los ataques de tos y de epilepsia eran cada vez más frecuentes, tragaba con mayor lentitud, las comidas se eternizaban. Había hecho lo que había podido, se las había apañado con lo que había. Como si hubiese recurrido a sus reservas, hasta agotarlas. Una mañana, el niño no se despertó.

Las monjas se secaban las lágrimas. El cuerpo esperaba a la familia en una sala especial que había al fondo, junto a la lavandería. Se produjeron los sonidos de costumbre, acompañados de murmullos y de pasos en las baldosas. El hermano mayor no entendió nada, reaccionó como un autómata. Se limitó a pensar que era la primera vez que entraba en la casa en la que el niño había pasado tanto tiempo. Los pasillos olían a puré recalentado. Las camas, colocadas a media altura contra la pared, estaban rodeadas de altos barrotes desmontables. El hermano mayor se dio cuenta de que no había almohadones ni peluches, y le pareció una buena muestra de precaución. Las mantas eran de color amarillo pálido. Las paredes estaban cubiertas de pósteres de patitos, de pollitos y de gatitos. Ni un solo dibujo, puesto que allí ningún niño podía sostener un lápiz, pensó. Las ventanas daban al jardín. ¿Las habrían abierto para que su hermano oyera los ruidos que llegaban de fuera? Probablemente sí.

Al entrar en la sala, se quitó las gafas y cerró los ojos. Sus manos palparon un borde sólido y dedujo que se trataba del féretro. Se inclinó y su nariz se topó con una superficie fría y suave, la mejilla del niño. El hermano mayor entreabrió brevemente los ojos. Vio sus párpados traslúcidos, veteados de minúsculos surcos azules. Las pestañas daban sombra a su tez pálida. De la boca entreabierta no salía ningún aliento apacible, como era de esperar. Le habían juntado un poco las rodillas, pero por culpa de aquella anatomía suya tan particular se le habían separado y rozaban las paredes del féretro. Tenía los brazos doblados sobre el torso y los puñitos apretados. El hermano mayor preguntó si podía llevarse el pijama violeta.

De vuelta en casa, la madre, con el camisón puesto, le mordió el hombro a su marido y se puso a temblar. Él la abrazó y se deslizaron juntos hasta el suelo. La hermana se quedó junto a la ventana de su cuarto, en tensión, mirando la montaña que se alzaba más allá del patio, hasta las primeras luces del alba. El hermano mayor, en cambio, no hizo nada. Por primera vez en años, no se levantó por la noche para venir a pegarse contra nosotras, en el patio.

Asistió mucha gente al entierro, y eso que el niño no conocía a nadie. La gente acudió por los padres, en una muestra de generosidad. El patio estaba lleno. Luego subieron a la montaña, pues aquí se entierra a los muertos en su seno. La familia poseía su minúsculo cementerio, dos grandes estelas blancas en la tierra, rodeadas de una reja cuyos arabescos de hierro recordaban a los de un balcón, pero que al hermano mayor le hacían pensar en las volutas de la cama. Los primos desplegaron unos taburetes de lona, calzaron el violonchelo en la hierba y sacaron las flautas traveseras. La música empezó a sonar.

En el momento de dar sepultura, la gente retrocedió para dejar solo al hermano mayor. Él no llegó a percatarse. Fueron bajando las cuerdas con cuidado. Cuando el féretro se hundió en el vientre de la montaña, de pronto le entró miedo, un miedo tan vívido que sintió su mordedura: «Sólo espero que no pase frío...»

Luego, con los ojos fijos en la tierra que iba cubriendo lentamente a su hermano, consciente de que aquello era el último adiós, le hizo una promesa que nadie oyó:

—Mantendré vivo tu recuerdo.

El especialista que había proclamado el veredicto y atendido al niño durante ocho años estaba allí. Les recordó que había vivido mucho más de lo esperado. También dijo que aquella pequeña vida imprevista era la prueba de que la medicina no tiene respuestas para todo. Sin duda ha sido gracias al amor que ha recibido, les dijo en voz baja a los padres.

A partir de entonces, el hermano mayor crece sin ataduras. Estrechar vínculos es demasiado peligroso, piensa. La gente querida puede desaparecer muy fácilmente. Fue un adulto quien asoció la posibilidad de la felicidad a su pérdida. Da igual que el viento sople a favor o en contra, él no le concede a la vida el beneficio de la duda. Ha perdido la paz. Ha pasado a formar parte de esos seres que llevan en el corazón un momento detenido, suspendido para siempre. Algo en su interior se ha vuelto de piedra, lo cual no quiere decir insensible, sino más bien resistente, inmóvil, implacablemente idéntico día tras día.

Además, vive en constante estado de alerta. Cuando sale de una reunión o de ver una película en el cine y enciende el móvil, suele respirar aliviado. No ha recibido ningún mensaje preocupante. No ha habido ninguna desgracia, ninguna catástrofe. El destino no se ha llevado a ningún ser querido y la familia está bien. Si alguien llega cinco minutos tarde, si el autobús frena en seco o si un vecino lleva ausente varios días, nota cómo se pone tenso. La inquietud ha arraigado en él y crece como la higuera en las montañas, tenaz y resistente. Tal vez ocurra algún día. Tal vez no.

Se incorpora en plena noche, con la nuca húmeda y la cabeza llena de imágenes de su hermano. Sueña que le pasa algo malo. Quiere saber si está bien. Entonces recuerda que ya no está. Una y otra vez se sorprende de lo vívido que es el recuerdo, como si el paso de los días no tuviera ningún efecto. Para siempre, el niño habrá muerto la víspera. Le han repetido una y otra vez que el tiempo todo lo cura. En realidad, como comprueba noche tras noche, el tiempo no cura nada, más bien lo contrario. Hace más profundo el dolor, y lo reactiva, cada vez con mayor intensidad. La tristeza es lo único que le queda del niño. No puede eludirla; eso supondría perder a su hermano definitivamente.

Se levanta y come algo. Mira por la ventana la noche de la ciudad, bastante más silenciosa que la de la montaña. Le ha costado acostumbrarse a ella. Durante mucho tiempo, los perros atados con correa le parecieron algo espantoso. Igual que el verano sin ruido, sin cigarras ni sapos. Sin detenerse a pensarlo, empezó a levantar la cabeza en marzo para observar a las primeras golondrinas, a aguzar el oído en julio para escuchar a los vencejos. Intentó detectar los olores, estiércol, verbena, menta, y los ruidos, cencerros de ovejas, río, zumbido de insectos, viento rozando la corteza de los árboles. Luego se habituó al terreno llano —él, que sólo conocía el escarpado—, al suelo que no deja huellas y a los tacones de las mujeres. Posee conocimientos inadecuados para la ciudad. ¿De qué le sirve saber que los castaños no crecen por encima de los ochocientos metros o que la madera de avellano es la mejor, dada su flexibilidad, para fabricar un arco? De nada, pero ya está acostumbrado. Que le hablen a él de saberes inútiles.

• • •

Mirando por la ventana, de noche, piensa en las tiernas ramas de los alisos sumergidas en el torrente, en las libélulas de color turquesa. Siempre acaba por coger su foto preferida, que ha hecho ampliar y enmarcar, en la que se ve el río. La observa con atención. La tomó casi tendido sobre las piedras para estar a la altura de la cara de su hermano. Sus enormes ojos negros están caídos hacia un costado, pero en la imagen casi da la impresión de que esté mirando a cámara. La brisa le aplasta el tupido pelo. Su mejilla carnosa parece pedir caricias. Los abetos montan guardia a su alrededor. El agua fluye, brillante, sorteando los dos finos tobillos de la hermana, que, inclinada sobre una presa de guijarros y con la cabeza vuelta hacia el aparato, mira directamente al objetivo. Por encima, abriéndose paso entre las hojas y las ramas, se perfila el cielo de encaje azul. Puede quedarse analizando los más mínimos detalles de esa foto hasta que se hace de día.

Luego, se va a trabajar.

Ha desarrollado sus capacidades matemáticas hasta tal punto que se ha convertido en director financiero de una gran empresa. Los números no traicionan, son de fiar, no te juegan malas pasadas. Todas las mañanas se viste con traje oscuro y toma un autobús junto a otros trajes oscuros. No le gusta la gente, pero la tolera. En la empresa no tiene lo que se dice amigos. Le basta con tener compañeros, lo suficiente para no comer solo en el restaurante y que lo inviten a hacer algo algún domingo. Sabe lo que tiene que decir y hacer para pasar desapercibido. No despierta ni desconfianza ni simpatía. Es un treintañero más, y eso le conviene, pues tiene la absurda esperanza de que así, camuflado como un bulto anónimo entre la masa, el destino se olvidará de él y lo dejará tranquilo. Nadie se da cuenta de que si domina tan bien los cálculos, los esquemas, las columnas de costes/beneficios, las operaciones financieras de alto voltaje, el equilibrio de cuentas, es precisamente porque ha sido víctima de lo arbitrario. Nadie imagina que, tras ese ejecutivo trajeado, bailan los ojos negros de un niño extraño.

No tiene novia ni hijos. Esas cosas se las deja a su hermana. Ella tendrá tres hijas que se adueñarán del patio a gritos, durante las vacaciones, pues ahora vive en el extranjero. Un país, un marido, unas niñas: ha apostado por la normalidad lejos de aquí. Ha puesto todo su empeño en subsanar la maldición de la diferencia, mientras que él ha quedado prisionero. Aunque quizá, piensa, su hermana ha aprendido la lección viéndolo vivir a él. Al fin y al cabo, ése es su papel, abrir camino como un explorador. Mostrar lo que no hay que hacer.

Nosotras, las guardianas de este patio, los observamos con la misma impaciencia que sus padres, que ahora ocupan la otra casa a la orilla del río. Reconocemos el chirrido de la pesada puerta, el suspiro de satisfacción al bajar del coche, los muebles del jardín al ser arrastrados. Los vemos cenar, saboreando el cuadro milenario de generaciones sucesivas, y sabemos que, por lo general, cuando la hermana llega con su familia, el hermano mayor no tarda en aparecer. Siguen estando muy unidos. Ella le da unos documentos para que los firme, lo avisa de algún vencimiento, de algún pago, de alguna renovación. Lo anima a salir, a hacer amigos, y él responde con una sonrisa: estoy perfectamente. Y nosotras le creemos. Vaya adonde vaya, y aquí en particular, lleva consigo el recuerdo de una promesa hecha sobre una tumba. Lo mantiene vivo. Puede permanecer sentado durante horas a la orilla del río. Desde aquí divisamos al hombretón bajo el abeto, observando las libélulas y los zapateros. Sabemos que tiene el alma herida, vemos muy bien cómo toca con suavidad las piedras donde apoyaba la cabeza de su hermano. Pero también notamos cierta calma. A veces permanece inmóvil frente al lugar que durante mucho tiempo ocuparon los almohadones, a nuestra sombra, y escucha caer la tarde. Cuando vienen los primos, participa en las conversaciones y se ríe rememorando el pasado. Ellos también han tenido hijos. Le gusta ver a los niños labrarse una memoria como la suya. Les prohíbe acercarse al molino, repara un triciclo, exige que se pongan los manguitos si juegan en la orilla. Sólo es capaz de amar en la intranquilidad. Siempre será el hermano mayor.

Por las noches, es el último en abandonar el patio, le pasa un agua al suelo de pizarra, riega las hortensias, y es inevitable: se acerca y apoya muy despacio la frente y las manos sobre nosotras. Permanece así, con los ojos cerrados, contra el muro que aún conserva algo de calor. Una noche, su sobrina de cinco años le sorprende en semejante postura y le pregunta:

—¿Qué haces?

Y el hermano mayor, con su dulce sonrisa, sin girar la cabeza, le responde:

—Respiro.

2

La hermana

Desde que nació, sintió resentimiento hacia él. O más bien desde el momento en que su madre le pasó una naranja por delante de los ojos y afirmó que no veía. Como la ventana de su habitación daba al patio, había visto el color intenso de la fruta y el gesto de su madre al acuclillarse, había oído aquel hilo de voz dulce y cantarín, y luego nada más. La hermana recordaba el chirrido irascible de las cigarras, el rugido del torrente, la risa alborotada de los árboles sacudidos por el viento, pero de aquella música veraniega no quedaba más que la cabeza gacha de su madre, con una naranja en la mano.

La hermana había comprendido que ése era el instante de la fractura. Se acabó. Ya podía su padre mostrarse optimista, prometer que en la escuela serían los únicos que sabrían jugar a las cartas en braille, que ella no se dejaba engañar. Veía perfectamente cómo la mirada de su padre se había ensombrecido, y sobre todo su sonrisa, pues ahora sonreía sólo con la boca, mientras sus ojos permanecían inexpresivos, clavados en la lejanía. Pero su hermano mayor era cómplice de aquella gran mentira, había pactado ser el primero en llevar un tarot en braille a la escuela, le había prometido que jugaría partidas con ella, los dos solos. Entonces la hermana había dado su aprobación.

Y ahora el niño era el rey.

El pequeño absorbía toda la energía. La de sus padres y la de su hermano mayor. Los primeros afrontaban la situación como podían, el segundo los secundaba. Para la hermana no quedaba nada, ninguna energía con que sostenerla.

Cuanto más crecía el niño, más le repugnaba. No se lo habría confesado a nadie. Continuamente acostado y dotado de un sistema inmunitario débil, le aquejaban todos los males. Había que sonarle los mocos, administrarle la medicación con una pipeta, echarle gotas en los ojos, mantenerle la cabeza recta cuando tosía. Las comidas podían durar una hora larga. Su deglución era lenta, acompañada de pequeños sorbos de agua que le daban inclinando el vaso hacia su boca entreabierta, con el temor constante a que se atragantara. Tenía la piel tan delicada que reaccionaba ante el roce de un tejido, el agua caliza, un rayo de sol, un jabón demasiado abrasivo. Necesitaba suavidad, templanza, blandura, cosas para recién nacidos o para ancianos. Pero el niño no era ni lo uno ni lo otro. Era un ser a medio camino, un error, atrapado en algún lugar entre el nacimiento y la senectud. Una presencia incómoda, sin voz ni gesto ni mirada. Indefensa, pues. Un niño expuesto. Tan vulnerable que daba miedo. Y ponía en primer plano los continuos desajustes de aquel cuerpo siempre maltrecho, algo que la hermana no podía soportar. Odiaba sobre todo la inflamación de los párpados, los chalaciones, aquellos bultitos rojos que parecían causados por una picadura de avispa. Pero aún odiaba más el colirio viscoso y sobre todo el Rifamycine, que daba la impresión de que le hubieran untado el ojo con mantequilla. Cuando su hermano mayor le ponía la crema y le masajeaba delicadamente el párpado con el dedo índice, ella salía de la habitación.

No le gustaban sus ojos negros, tan vacíos que le daban escalofríos. Ni su aliento, que le resultaba fétido. Ni sus rodillas blancas, huesudas, siempre tan separadas. Al parecer, de estar tanto tiempo acostado, la articulación de la cadera había dejado de funcionar, como si se hubiese desencajado. Y sus pies crecerían combados, como los de una bailarina, por no pisar nunca el suelo. ¿Para qué servían entonces aquellos pies, se preguntaba la hermana, si no sostenían ningún cuerpo, si no servían para andar?

Le ponían pantuflas de cuero forradas de lana. Tenía varios pares. Cada vez que los veía tirados por ahí, lo primero que pensaba es que eran cadáveres de musarañas.

La hora del baño era lo peor. La fragilidad de aquel cuerpo, estirado y desnudo, resultaba intolerable. Las costillas se le marcaban bajo la piel blanca, la caja torácica se veía endeble, la cabeza se le caía hacia un costado y acababa tragando agua. Su hermano mayor hablaba en voz baja, melodiosamente, comentando lo que hacía. Sujetaba al niño por la nuca y, con la otra mano, lo lavaba, limpiando con suavidad todos los pliegues, aclarándolo con agua templada. Ella observaba la silueta de su hermano mayor, inclinado sobre la bañera. Tenía que reconocer que el parecido era increíble. Su hermano mayor y su hermano pequeño tenían el mismo perfil: la frente abombada, la nariz afilada, el mentón prominente. Y los ojos negros algo rasgados, el pelo tupido, la boca alargada y bien dibujada. Tenía ante ella, en el cuarto de baño, el magnífico original y la réplica fallida, en un desdoblamiento desafortunado.

Ella no sentía ninguna ternura. Lo que veía, antes que nada, era una marioneta pálida que requería los cuidados de un eterno bebé.

Había tenido que renunciar a invitar a casa a sus amigas. ¿Cómo iba a invitarlas con semejante ser allí? Le daba vergüenza. Había visto un anuncio en la tele que decía: «Renuncia a lo banal.» La frase la había dejado anonadada. Habría dado lo que fuera por ser un poco banal. Por difuminarse en la masa de la gente estándar, dos padres, tres hermanos, una casa en la montaña. Soñaba con mañanas canturreando, con un hermano mayor disponible, con música en el salón, con amigas el viernes por la noche. Familias ordinarias, despreocupadas, apenas conscientes de semejante privilegio.

Una tarde la vimos atravesar el patio. El niño estaba acostado sobre los almohadones, distraído. Hacía buen tiempo. Era un miércoles de septiembre, y los miércoles, eso lo sabíamos muy bien, la casa debería estar llena de amigas haciendo los deberes y luego merendando ante nuestros ojos, y quién sabe si grabando sus iniciales sobre nosotras, como suelen hacer los niños de por aquí. Pero aquella tarde, para la hermana, era una tarde de soledad. Cruzó el patio, dejó atrás los almohadones y llegó a la vieja puerta de madera. De pronto, dio media vuelta, volvió hacia donde estaba el niño y propinó una patadita a los almohadones. Apenas se movieron (eran dos enormes almohadones de jardín, de peso considerable, casi dos edredones). El niño ni pestañeó. Pero la hermana había dado el puntapié. Lanzó una mirada temerosa hacia la casa y se fue corriendo. Nosotras no la juzgamos (¿qué derecho teníamos?). Sin embargo, reconocimos en su gesto la vieja y absurda lógica, propia de humanos y animales, de la que nosotras afortunadamente nos libramos: la fragilidad engendra la brutalidad, como si el que está vivo quisiera castigar a quien no lo está lo suficiente.

La hermana se llenó de rabia. El niño la aislaba. Marcaba una frontera entre su familia y las demás. Se enfrentaba a un misterio insondable: ¿por qué extraño milagro un ser disminuido podía hacer tanto daño? El niño destruía sin hacer ruido. Con soberana indiferencia. La hermana descubrió que la inocencia puede llegar a ser muy cruel. Comparaba al niño con la canícula que, pacientemente, va fulminando la tierra y la seca, asolándola con una furia estática. Las leyes elementales nunca piden perdón. Actúan como les viene en gana y son los otros los que tienen que asumir las consecuencias de los destrozos. Si la hermana hubiese tenido que resumirlo, habría dicho que el niño había robado la felicidad a sus padres, transformado su infancia y secuestrado a su hermano mayor.

Nunca lo había visto tan atento. Se quedó atónita ante semejante metamorfosis. Recordaba a su hermano mayor como alguien atrevido, callado, algo arrogante, capaz de llevar a la pandilla de primos a lo más alto de la montaña, de cazar murciélagos enanos o de iniciar una batalla de algas a la orilla del río. Era el que seguía el rastro de los jabalíes, el que masticaba la cebolla cruda. Siempre le había tenido mucho respeto, siempre lo había admirado. Lo habría seguido a cualquier sitio. Pero por culpa del niño, ya no se fijaba en ella, en cómo crecía, ni siquiera se había dado cuenta de que ya nadaba sin manguitos. ¿Adónde había ido a parar su hermano mayor? Ahora se dedicaba a inspeccionar los conductos de la chimenea, pues su gran temor era que el niño muriera asfixiado por el humo. Incluso había cambiado su manera de andar. Cuando en las horas más calurosas del verano salía al patio para mover al niño y poner los almohadones a la sombra, ella observaba sus pasos ligeros, extrañamente lentos y determinados, sometidos al ritmo necesario para alcanzar el nido de almohadones. Los pasos de un animal en busca de su cachorro. Era imperdonable.

Su hermano mayor, que exigía entereza a los demás, había afilado lo suficiente su carácter para que ella se lanzase al combate. Empezó por marcar su territorio.

Cuando el hermano mayor leía, con el dedo metido en la mano del niño, ella se entrometía. Se acercaba al fuego, le proponía ir a coger moras, fabricar un arco, subir a las coladas, esos senderos de montaña tan estrechos que no permiten que dos caminantes se crucen. El hermano mayor, sin poner mala cara, la interrogaba con la mirada. La hermana se empleaba a fondo, discutía con él, lo provocaba. Forzaba la situación. Pero el hermano mayor tenía una sonrisa tan dulce, aunque fuese casi obligada, que compensaba todas las exclusiones. Volvía a concentrarse en la lectura, sin sacar el dedo del puño de su hermano, que no conocía el abandono.

Ella llegó a la conclusión de que su estrategia no funcionaba. Más le valía perder la esperanza de poder decirle «pensemos en nosotros y piensa en mí». Tenía que asumirlo como se asumen los daños colaterales de una guerra. Aprendió a lidiar con las treguas y las ofensivas.

Las treguas: tenían lugar en el autobús que los llevaba al colegio. Todas las mañanas, el hermano mayor y la hermana lo esperaban juntos, bajo la marquesina de cemento que había en la carretera comarcal. A primera hora. Y cuando el autobús disminuía su velocidad haciendo rechinar los frenos, ella sentía cierto alivio. Por fin cada kilómetro iba a poner distancia con el niño. Sentada junto a su hermano mayor, empezaba a hablar por los codos, a inventarse historias. Él la escuchaba distraído, dejando vagar la mirada a través de la ventana del autobús. Pero al menos lo tenía para ella sola. La tregua más bonita fue aquella mañana que pasaron cogiendo espárragos mientras los adultos talaban un cedro. Los habían buscado por todas partes. Y los castigaron. Pero qué importaba. Ella sintió que él había querido protegerla de la caída de aquel árbol enorme. Como antes, como la tarde en que le había puesto una mano en el hombro cuando su padre los había reunido en el patio para decirles que el niño era ciego. La mano del hermano en su hombro, su instinto protector, le parecían lo más natural por entonces. Jamás pensó que podrían desaparecer algún día.

Las ofensivas: se producían cada momento que pasaba sin ella. Y sobre todo cuando el hermano mayor se llevaba al pequeño y lo tumbaba cerca del torrente. Lo veía subir por la cuesta herbosa con pasos vacilantes y el niño en brazos. Siempre iba al mismo sitio. Ella sabía que lo pondría bajo el abeto, donde la corriente es mansa, entre dos cascadas. Y siempre acababa haciendo acto de presencia, para interrumpir la tranquilidad del momento. Se ponía a chapotear, a construir pirámides de guijarros, a atrapar zapateros. Le daba por chillar, impostando su alegría. Quería hacerse notar, recordarles que ella también existía. A veces el hermano mayor sacaba la cámara y les hacía una foto, a los dos juntos, ella de pie y él tumbado, pero nunca a ella sola con los pies metidos en el agua. Miraba directamente al objetivo, como para dejar clara su presencia.

Pero no era suficiente.

En algún momento pensó que, para no perder para siempre a su hermano mayor, tal vez debería intentar querer al pequeño como él lo quería. Colocó los almohadones en el patio, pero sus gestos nerviosos la traicionaron y tiró de un almohadón tan bruscamente que lo desgarró. Centenares de bolitas blancas cubrieron el suelo de pizarra. La hermana las recogió refunfuñando. El hermano mayor no dijo nada, se limitó a anotar en su lista que habría que comprar un nuevo almohadón. Ella siguió esforzándose. Intentó prestar atención a los purés de verduras, a las dosis de Depakine, a los sonidos, ya que escuchar era lo único que el niño podía hacer. También ella estrujó hojas secas junto a su oído, intentó describir lo que veía. Pero no encontraba las palabras. Se sentía ridícula. Suspiraba de impaciencia. Le entraban ganas de zarandear al niño, de ordenarle que se pusiera de pie y dejara aquel numerito, ya empezaban a estar hartos de sus tonterías.

Intentó seguir la mirada de aquellos ojos negros que iban de un lado para otro. Pero la ceguera del niño, definitivamente, la angustiaba. No soportaba aquella mirada movediza. A veces, en su trayectoria errática, los ojos del niño se encontraban con los suyos. Sentía cierto malestar. Sólo duraba un segundo. Luego los ojos seguían su lento deambular y, por mucho que ella supiera que aquella mirada era orgánicamente incapaz de mirar nada, que no funcionaba, no podía dejar de ver en ella una amenaza sorda que, en el preciso instante en que se encontraba con la suya, decía: ten cuidado con lo que sientes, sé que te doy asco, pero yo no tengo la culpa de nada y somos de la misma sangre.

Puso también su mejilla contra la del niño, en la parte donde, ciertamente, la piel era opalina. Pero no tardó en sentir calambres, y además no le gustaba el olor que desprendía su boca, un olor a puré, a verdura hervida, por no hablar de los pañales: si había que cambiárselos, que no contaran con ella.

Llamaba al hermano mayor para que fuera a cambiarlo. Cuando lo veía inclinado sobre el pequeño, hablándole con aquel timbre de voz tan dulce que se volvía empalagoso, cogiéndole con delicadeza los tobillos separados para levantarle el culito y ponerle un pañal limpio, había siempre un momento en el que deseaba, con todas sus fuerzas, que se olvidara del niño y le propusiera ir a sentarse, los dos solos, a la orilla del río.

A veces se decía que, ya puestos, podía aprovechar que el niño no reaccionaba para jugar con él. Así que iba a por gomas, maquillaje, un cuello de encaje, una diadema. En el patio se sentaba con las piernas cruzadas junto a la tumbona y le dibujaba dos círculos rojos en las mejillas, le perfilaba de negro las cejas, le pintaba los párpados. O le hacía trenzas en el pelo tupido. El niño no mostraba asombro ni oponía resistencia. Hacía una levísima mueca cuando el pincel le rozaba la mejilla, levantaba un instante las cejas cuando algún material desconocido le cubría la cabeza. Hasta que el hermano mayor aparecía, con cara de enfado, y se lo llevaba sin llegar a reñirla, con la frente hundida en el cuello del niño. En sus brazos, parecía ligero como una pluma. Eso era algo que ella no sabía hacer.

Sólo una vez lo cogió en brazos. Se acercó a la tumbona, que estaba en el salón. Se armó de valor, introdujo las manos bajo las axilas del niño y lo levantó. Pero se olvidó de la nuca sin sostén. La cabeza se le fue hacia atrás, y se quedó balanceando a un extremo del cuello. Asustada, lo soltó. El niño cayó en la tumbona y su cabeza rebotó contra la tela, para juntarse con el pecho. La parte superior del cuerpo se inclinó hacia un lado antes de inmovilizarse. El niño se puso a llorar por la incomodidad. Fue la única vez que vio a su hermano mayor enfadado de verdad, furioso al descubrir así al pequeño, como un títere dislocado, con las pantorrillas colgando y la frente hacia delante. Sin embargo, no abroncó a su hermana. Clamó contra la indiferencia, ¿cómo era posible que a nadie se le hubiese ocurrido ponerlo bien? ¿Acaso por ser un discapacitado se lo podía dejar de cualquier manera, con el cuello retorcido? Los padres intentaron calmarlo con buenas palabras, entendían perfectamente que se hubiese asustado, pero todo estaba bien, el niño ya no gemía y, además, le habían comprado un nuevo pantalón de chándal; ¿por qué no se lo ponían, a ver cómo le quedaba? Ellos tampoco abroncaron a la hermana.

La rabia la mantenía en pie, no pensaba dar su brazo a torcer. Ella representaba la fuerza de la gente levantada. Los que estaban acostados no tenían ese derecho. La rabia propiciaba revueltas mudas, puños apretados en los bolsillos, retahílas de golpes en la almohada antes de dormirse, en un ritual enfurecido y reconfortante. Cuando el viento se volvía un animal rabioso y la montaña se estremecía regodeándose ante la llegada de la tormenta, ella se sentía en paz con el mundo. Levantaba la vista hacia el cielo antracita, palpaba la tensión que recorría la hierba. Le parecía que el río rugía alegremente. La hermana esperaba la llegada de los truenos y la lluvia. Por fin se sentía comprendida.

Como se pasaba el día de morros y se obcecaba en permanecer callada ante las preguntas de sus padres, la llevaron al psicólogo. La consulta estaba a la entrada de la ciudad. Dejaron el coche en el aparcamiento del polígono industrial. Al principio, la hermana se sintió sobrepasada por la enormidad del lugar. Luego se relajó. Aquellos rótulos que escupían sus letras de neón, aquellas tiendas que parecían hangares, el baile atronador de los coches la calmaron como lo hacía la tormenta. Había en todo aquello un exceso, y los excesos la apaciguaban. Habría dado lo que fuera por que la consulta fuese también de algún modo excesiva, que algo en ella le llamase espontáneamente la atención, pero por supuesto fue todo lo contrario. La tibieza acolchada de la sala de espera le resultó insoportable. Fue como entrar en una incubadora. Las alfombras, los asientos mullidos, un difusor de aceites esenciales, los cuadros bucólicos, todo la violentaba.

El psicólogo era joven, tenía la voz dulce y la mirada curiosa. Como ella respondió a su primera pregunta encogiéndose de hombros, él le ofreció una hoja y lápices de colores. La hermana estuvo a punto de decirle que tenía doce años y que ya no iba a la escuela primaria, pero entonces pensó en su madre, que se había quedado en la sala de espera, y cogió los lápices.

Se pasó seis meses haciendo dibujitos. Al final, agotada la inspiración, coloreaba la hoja entera, apretando todo lo que podía para romper la mina.

El segundo psicólogo vivía en un pueblecito pasada la ciudad. Se tardaba una hora en coche. El hombre estuvo tres meses asintiendo con la cabeza, concentrado, mientras la muchacha recitaba los menús del comedor escolar.

La tercera vivía en un pueblo más cercano. Visitaba en un centro de salud en el que también había un médico de familia, un dentista y un fisioterapeuta. Esta vez, la sala de espera era modesta, con sillas de plástico. La puerta se abría regularmente, alguien pronunciaba los nombres de los pacientes y los aludidos se levantaban, algunos con férulas. La psicóloga era una mujer con el moño suelto, de edad indefinida. Quiso que la madre entrase con la hija y le hizo un montón de preguntas. ¿Había dado el pecho a sus hijos, volvía tarde por las noches, quería a su marido, quería a su propia madre? ¿Sabía que un «vínculo nutricional deficiente» podía transmitirse de generación en generación? Al ver que su madre se hundía en el asiento como una colegiala pillada en falta, la muchacha sintió que le subía la rabia como una fuerza vertical. A veces eran las hijas las que tenían que proteger a sus madres. La suya no protestó cuando le agarró la mano y se levantó. La psicóloga las siguió hasta la puerta. El ruido de sus tacones parecía el trote de una mula. «Pero bueno», dijo la mujer. «Vaya usted al psicólogo», le soltó la muchacha. Al llegar al coche, les dio un ataque de risa. Inclinada sobre el volante, la madre se secaba las lágrimas. Su hija se preguntó si no estaría llorando de verdad. La atrajo hacia sí para abrazarla y se quedaron así un buen rato, enlazadas sobre la palanca de cambios.

Un día la madre recibió la visita de unas amigas que vivían en la ciudad. Como de costumbre, el niño estaba acostado sobre los almohadones en el patio, a la sombra. El ambiente era apacible, pero las viejas guardianas como nosotras saben captar las tensiones soterradas. Con toda naturalidad, la madre servía de beber a sus amigas, mientras éstas miraban de soslayo al niño. Podíamos percibir su malestar. Se atrevieron a hacerle algunas preguntas. ¿Era tetrapléjico? ¿Sentía dolor? ¿Entendía lo que le decían? ¿Habría podido predecirse su «enfermedad» (ése fue el término que utilizaron)? La madre dejó la jarra y respondió sin perder la compostura. No, su columna vertebral no está seccionada, no tiene ninguna lesión; es sólo que su cerebro no transmite la información. No siente dolor, pero puede expresarse mediante el llanto o la risa. Y también puede oír. Entonces, ¿es ciego? Sí. ¿No podrá hablar, no podrá ponerse nunca de pie? No. ¿No vieron nada en la ecografía? No. ¿Contrajo alguna enfermedad dentro del útero o fuiste tú quien le transmitió alguna? No, se trata de una malformación genética, un cromosoma defectuoso, que no se puede prever ni curar y que afecta al azar a uno de no sé cuántos niños.

En aquel instante, la hija maldijo la actitud de su madre, pues ella se sabía incapaz de semejante nobleza. Nosotras podíamos oír el estrépito en su interior, cómo se sentía miserablemente culpable. Se decía: En mí no hay ni rastro de esa amable generosidad, transmitida con palabras sencillas. La confianza es un riesgo, y mi madre lo asume. Habla con el corazón en la mano, sin miedo. Yo no sé hacerlo. No tengo el porte de las mujeres de montaña, hechas de roca y de polvo, pulidas por siglos de portentosa sumisión. Mujeres alzadas sobre tobillos de loza, cuya aparente resignación es puro espejismo. Mujeres que se parecen a las piedras de aquí. Con aspecto quebradizo (¿acaso el origen del término «esquisto» no significa «que se puede resquebrajar»?), pero en el fondo nada hay más sólido que ellas. Las mujeres son muy hábiles ante el destino. Tienen la sensatez de no desafiarlo nunca. Bajan la cabeza, pero luego se adaptan. Se procuran fuentes de consuelo, organizan la resistencia, dosifican sus energías, mantienen a raya las penas. ¿Es acaso un azar que mi hermano mayor ponga la entereza por encima de todo? Arreglárselas *con* y no *contra*. Yo no sé hacerlo. Yo, la hermana mediana, me opongo a todo sin cesar. Me doy cabezazos y me revuelvo a gritos contra el destino, no quiero entender que las fuerzas en liza son desiguales, saldré derrotada, pero me niego obstinadamente a dar marcha atrás. Soy puro rechazo. No pertenezco a este reino.

Se levantó, franqueó la puerta medieval y se fue alejando montaña arriba. Sus zapatillas de deporte resbalaron en la roca, pero siguió adelante, con un rasguño rojo en la tibia. Caminó por la colada, se sentó sobre los helechos. Divisó a lo lejos los tres troncos grisáceos de los cerezos muertos tras la muerte del campesino. Sus esqueletos se elevaban entre la hierba. A su alrededor, el equilibro era perfecto. La lluvia de verano había engrasado las piedras. Una fragancia ascendía del suelo, un olor a tierra impregnada de agua, a raíces frescas. Unas raíces que armonizaban con los árboles, las charcas, las hojas y los cencerros de las ovejas que se oían a lo lejos. Había una armonía independiente que resultaba insoportable. La hermana notó cómo crecía en su interior un sentimiento de injusticia. La naturaleza era como el niño, de una indiferencia cruel. Seguiría existiendo mucho después de que ella desapareciera, dotada de aquella insensible belleza que no prestaba oídos a nada, ni siquiera a la zozobra de las hermanas. Era cierto, las leyes elementales nunca se disculpan. Se levantó, cogió una piedra y la emprendió a conciencia contra una pequeña encina. Las ramas eran flexibles y más de una vez le dieron en la cara, como si el árbol intentara defenderse. Como llevaba una camiseta de tirantes, los brazos se le llenaron de arañazos. Siguió golpeando con la piedra hasta que no quedó más que una alfombra de ramas y hojas. Los ojos le escocían por las gotas de sudor.

Cuando bajó de la montaña, se encontró con un perro extraviado, tumbado bajo el porche, frente al cobertizo para la leña. Estaba en una extraña posición. Dormía con la cabeza torcida y las patas como separadas del tronco, abandonadas. No era más que un perro agobiado por el calor, sin duda feliz, pero la hermana se quedó allí plantada pensando que la diferencia del niño era contagiosa. Los seres a su alrededor se estaban desarticulando. El mundo entero sería pronto débil y contrahecho. Llegaría el día en que ella misma se levantaría con la nuca floja y las rodillas entumecidas. Salió corriendo, presa del pánico, bajó hasta el vergel, bordeó el río, tropezó con las manzanas esparcidas por el suelo, se levantó. Se metió en el agua. No resbaló gracias a las zapatillas. Siguió avanzando a la sombra, la superficie era lisa y negra, apenas alterada por el paso de algún zapatero. Millares de agujas le pincharon las pantorrillas, los muslos y hasta la cintura, a pesar del pantalón corto. El agua le lavaba la herida de la tibia y los arañazos de los brazos, la camiseta de tirantes estaba empapada de sudor, tenía la piel húmeda y cubierta de una fina película de polvo. El pecho le subía y le bajaba a toda velocidad. No sabía si temblaba de frío o de tristeza. En su mente se abrió paso una pregunta como un abismo, unas pocas palabras que le encogieron el corazón: «¿Quién me va a ayudar?» El río la sostenía, impidiéndole caer a plomo en el abismo. Levantó los brazos, los dedos salieron del agua, enturbiando la superficie. Se quedó así un buen rato, con los brazos tiesos y tiritando. Si alguien la hubiese encontrado justo en aquel instante, se habría asustado. Una muchacha metida en el río hasta la cintura, vestida de pies a cabeza, con los brazos en cruz, la respiración entrecortada y el pelo revuelto. Intentó acompasar la respiración. Cerró los ojos para concentrarse en los sonidos —sin darse cuenta de que estaba actuando como el niño—. Se dejó envolver por la calma vespertina. No tardó en oír el gorjeo de los pájaros, el rumor de las cascadas. Sentía a su alrededor la montaña enorme, tostada por el sol del verano. Zumbaban los insectos, aprovechando la inmóvil cocción de las plantas. Una libélula pasó rozándole la oreja. Las cosas volvían a su sitio. La montaña se había limitado a esperar que pasara el mal trago. Llevaba haciéndolo miles de años: esperar a que los humanos se calmaran. La hermana se sintió como una hija temperamental. Abrió los ojos y levantó la cabeza. Las ramas de los fresnos formaban un tejado.

La única persona que consiguió aliviarla fue su abuela. Había vivido en el caserío hasta que se jubiló y se instaló en la ciudad. De hecho, aseguraba que estaba «hecha para la ciudad». Llevaba siempre los labios pintados de un rojo intenso, tacones bajos, un moño castaño y alambicado, no se quitaba sus brazaletes, se empeñaba en dormir con un grácil kimono incluso en invierno y en ponerse un vestido de satén para las cenas de Navidad. Pero no engañaba a nadie: era una mujer de las Cevenas de pura cepa. Para empezar, porque no paraba de repetir, sin siquiera darse cuenta, «lealtad, entereza y pudor», la fórmula mágica que parecía solucionar todos los problemas. Luego porque había participado en la Resistencia durante la guerra, algo de lo que nunca hablaba, excepto en una ocasión en que le enseñó a su nieta un túnel excavado en el parapeto del puente de piedra. Había que bajar al vergel y remontar un poco el río hasta llegar al puente. Allí podía distinguirse, en la solidez de la piedra, un entrante más oscuro. Aquel túnel había cobijado a familias enteras. Algunos habían subido por su propio pie desde la orilla, a los más viejos los habían ayudado. Habían tenido que reptar, avanzando con los antebrazos, a través de una galería estrecha, oscura y profunda. Los niños siempre primero.

Por último, porque la abuela distinguía a simple vista un níspero de un ciruelo, podía construir una empalizada de bambú (como había hecho en el vergel, dejando a todo el valle impresionado), cocinar recetas con plantas silvestres. Ante un tronco torcido, decía: «Es un árbol infeliz.» Sabía incluso determinar el origen del viento, indicar el lugar exacto en el que nacía: «Éste llega del oeste. Es traicionero, es el *rouergue*, viene del Aveyron, es pegajoso y provoca anginas de pecho. Se convertirá en llovizna después del café.» Y la llovizna caía a la hora del café. Tenía el oído tan fino que no sólo podía reconocer el canto de una lavandera, sino incluso adivinar su edad. Era una bruja disfrazada de duquesa, pensaba la muchacha.

Durante las vacaciones, la abuela se instalaba en la primera casa. Sus nietos no tenían más que atravesar el patio y dar cuatro pasos por la carretera para llegar. Vivía de manera independiente pero al lado de la familia, como en las aldeas de antaño. La terraza estaba rodeada por una barandilla de madera. Daba al torrente. Del otro lado, la montaña se elevaba con una pendiente pronunciada, con sus reflejos de color caoba, y alargando la mano desde la barandilla casi daba la impresión de que podías tocarla. El ruido del agua subía hasta la terraza, ahogado por el corredor que formaban la montaña y el muro de la vivienda, y explotaba enardecido por el eco. A la hermana le encantaba aquel lugar, que parecía arañar la pared rocosa, provocando un estrépito de espuma. Prefería la terraza al patio, aquel lugar cerrado donde ponían a su hermano entre almohadones.

Fue allí, sentada en una silla de mimbre, donde su abuela se inclinó para ponerle en la mano un yoyó de madera, mientras le decía: «Les di uno igual a los niños que se escondieron en el puente. Pues en la vida se puede caer muy bajo, pero siempre se acaba por volver a subir.» A su lado, no había ni hermano robado ni hermano ladrón.

Se encerraban juntas durante tardes enteras para hacer gofres de naranja (una receta portuguesa que a su abuela le encantaba), buñuelos de cebolla, mermelada de saúco. Pelaban las castañas recién hervidas, que desprendían un sofocante calor de vapor de agua. Luego las diluían en un barreño de cobre, de donde emanaba un aroma avainillado. Irían a vender la mermelada al mercado y luego se harían «una estupenda manicura», decía la abuela. Hablaba de su infancia en los criaderos de gusanos de seda, inmensas construcciones sin paredes ni puertas en su interior, conocidas como granjas de sericicultura. Hacía calor allí dentro. Llevaban hojas y orugas, y esperaban a que estas últimas hilaran sus capullos. «Los capullos eran un infierno», decía la abuela. Había que despegarlos con delicadeza y hervirlos antes de que las orugas se convirtieran en mariposas. La muchacha, maravillada, intentaba imaginar el ruido que podían hacer cien mil orugas mordisqueando cien mil hojas de morera. «No te esfuerces», decía la abuela. «El progreso conlleva ciertos ruidos.»

A veces la llevaba en coche a una zona más elevada de la montaña, donde había un árbol muy curioso. Era un cedro que había crecido en la roca, en la vertical de la carretera. Se trataba de algo materialmente imposible, ningún árbol podía plantar sus raíces en la piedra. Sin embargo, aquel cedro se elevaba hacia el cielo con la gracia del cuello de un cisne. Su abuela detenía el coche, se inclinaba sobre el volante, levantaba la vista hacia el delgado tronco del cedro y decía:
—Ése tiene ganas de vivir.
Luego añadía:
—Como tú.

Continuaban por la carretera y subían un poco más, hasta donde podía contemplarse un paisaje espectacular. El valle mostraba su estrecho pasillo entre dos enormes montañas. Un centelleo desvelaba la presencia del río, más allá se distinguía el pueblo, acomodado en los pliegues como un niño en los brazos de su madre. Sin embargo, la abuela no miraba hacia abajo, sino que señalaba siempre otro pueblo que había más arriba, el suyo, donde ella había nacido, casi inaccesible, un montón de piedras de color caoba al borde del precipicio.
—Creció cerca del abismo —decía la abuela.
Y la nieta pensaba: «Como yo.»

• • •

Volvían a casa en silencio. La muchacha sacaba la mano por la ventanilla del coche y la dejaba colgando. La abuela conducía, concentrada. Sólo se oía el ronroneo del motor, que variaba antes de llegar a las curvas cerradas, para recuperar luego el aliento cuesta abajo. Pero al tomar el desvío que conducía al pueblo, la abuela empezaba con su cuestionario. De pronto se ponía a preguntar, sin apartar los ojos de la carretera:

—¿A qué árbol pertenece la piña que está llena de pequeñas lenguas viperinas?

—Al abeto de Douglas —respondía lacónicamente la muchacha, mirando por la ventana.

—Soy un tronco de fresno joven. ¿Cómo es mi corteza?

—Lisa y gris.

—Mis hojas tienen forma de palmera, sin nervadura central...

—Ginkgo biloba.

—Me quitan la corteza en rollos para curar los eccemas. ¿Quién soy?

—El haya.

—No.

—El roble.

—Sí.

La abuela hablaba poco. Y, como suele ocurrir con la gente callada, hablaba a través de sus actos. Trajo de la ciudad el walkman de turno, luego las zapatillas de moda. Suscribió a la nieta a las revistas que leían las chicas de su edad. La llevó al cine del pueblo vecino a ver las películas de estreno para que la muchacha pudiese decir en el patio de la escuela: «Yo también he visto *Tras el corazón verde.*» Podía mantener una discusión acalorada sobre Modern Talking, llevar una sudadera Chevignon, mascar chicle Tubble Gum. Gracias a la abuela, estaba a la altura de los demás. Ella le brindaba una sensación de normalidad. Mucho después, ya adulta, la hermana se sorprendería diciéndole a una amiga: «Si un niño tiene problemas, no pierdas de vista a los demás», antes de añadir, para sus adentros: «Porque los niños sanos no hacen ruido, se adaptan a los contornos afilados de la vida que se les ofrece, ajustándose al tamaño de las penas sin reclamar nada. Serán como esos fareros que aborrecen las olas, pero qué se le va a hacer, no sería apropiado negarse a cumplir con su cometido. El sentido del deber los guía. Permanecerán allí, vigías de la noche oscura, apañándoselas para no pasar ni frío ni miedo. Pero no tener frío ni miedo no es normal. Hay que estar pendiente de ellos.»

Junto a su abuela, la hermana ya no sentía rabia. Y eso que la buena mujer prestaba atención al niño. Se había dado cuenta, con su ojo de lince, del apego que le tenía el hermano mayor y de la tristeza de sus padres, así que los ayudaba con sus pequeños gestos. Todos los días preparaba una compota para el niño, de manzana reineta o de membrillo. Salía de su casa, bordeaba la carretera, cruzaba el patio y dejaba un bol en la mesa de la cocina para la cena «del pequeño».

En más de una ocasión lo llevó a la guardería por la mañana, cuando su madre no podía, o lo fue a buscar. Cuando lo cogía en brazos, tintineaban los brazaletes. Lo hacía con torpeza, pero con seguridad. Aunque estuviera un poco torcido, el niño no protestaba. No le hablaba demasiado, pues no era habladora por naturaleza, pero a veces dejaba junto al bol un par de pantuflas nuevas, un paquete de algodón o viales de suero fisiológico. A saber cómo se daba cuenta de que faltaba tal o cual cosa. Lo sabía y punto. La hermana no estaba celosa. Al revés, el cuidado que su abuela tenía con el niño la liberaba a ella del peso de la culpa.

Con el paso de los meses, la hermana eliminó al niño de su vida, pasó a ignorarlo por completo. Apartaba la vista del rostro abatido de sus padres cuando volvían de una jornada administrativa. Hacía oídos sordos. No les ofreció ningún tipo de ayuda, no manifestó emoción alguna cuando sus padres les anunciaron que iban a mandar al niño a un centro especializado, situado a cientos de kilómetros de distancia en medio de un prado y gestionado por unas monjas que se ocuparían de él. Notó cómo al hermano mayor, sentado a su lado, le daba un vuelco el corazón. Ella optó por centrarse en el plato y separar metódicamente el tomate de la ensalada. Luego preguntó si podía llamar por teléfono a su abuela aquella misma noche, porque su amiga Noémie andaba diciendo que François Mitterrand era más guapo que Kevin Costner, y eso tenía que hablarlo con ella imperativamente.

• • •

Cuando el niño se fue a su prado, la hermana pudo respirar. Con él desaparecían los molestos sentimientos de aversión, de rabia y de culpa. Se llevaba con él la vertiente oscura de su alma. Dejaría de sufrir. Incluso albergó la esperanza de que su hermano mayor volviera a acercarse a ella, aunque al principio pareció evaporarse. Fue la única palabra que encontró para describir su silueta difuminada, cuyo simple caminar desprendía una insondable tristeza. Estaba pálido, tenía la mirada perdida. Parecía exhausto. Se parecía al niño.

La hermana volvió a mirar la vida de frente. Empezó a coleccionar amigas, a acudir a fiestas-pijama de cumpleaños (aunque nunca organizó una en su casa), a multiplicar sus actividades deportivas, a comentar los chismes del *Ok! Magazine*, a escribirse con su abuela, a preparar su llegada. Le gustaba inspeccionar la casa fría antes de que llegara, preparar el fuego y la cama, comprobar el calentador del agua, darle un manguerazo a la terraza. Cuando la abuela estaba allí, la nieta no se apretujaba contra ella, no la besaba, pero casi se instalaba en su casa. Conocía cada rincón, cada taza desportillada, el ruido del grifo al girar, el olor a vainilla y a jabón que flotaba en la cocina. La abuela había hecho reformas en la estancia principal y había optado por poner una cocina americana, que para ella era el colmo de la modernidad; había visto demasiado a su propia madre encerrada entre fogones. La cocina blanca, de madera clara, ocupaba ahora toda una pared de la amplia estancia donde estaban la chimenea y el comedor. La abuela recibía a menudo a sus amigas. La hermana tomó el café con las Marthe, Rose, Jeanine que se alineaban en el sofá como perlas nacaradas de un collar antiguo, depositaban las tazas con delicadeza y dejaban colgadas sus frases. Pero no era por culpa de la edad, como pensó al principio, sino sencillamente porque las demás ya habían entendido lo que querían decir, para qué terminar entonces las frases. Aquello daba lugar a unos diálogos disparatados y fascinantes. Se iba esbozando una historia fragmentaria y repleta de enigmas («el puente horadado donde la familia Schenkel...», «planté el día en que el regato...», «¡vaya! El que prometía...», «cuando me quemé los dedos con los capullos...»). Se sucedían episodios de terror, de banquetes en agosto, de prometidos promiscuos. A veces se reían ahogadamente, y la muchacha no entendía el motivo. Era una risa gutural, casi ronca, que no se correspondía en absoluto con la apariencia distinguida de aquellas mujeres. Luego retomaban aquella conversación llena de lagunas, «el baile de Mignargue, la cumbre...», «buscaron su dedo por todas partes, metido en... con la alianza...», «una cara de alemán, tiesa como un palo...». Negaban con la cabeza, sonreían, acompañaban los silencios con suspiros o exclamaciones. Habían vivido juntas tantas emociones fuertes que aquella complicidad era su particular lenguaje.

Junto a ellas, la muchacha se olvidaba del niño y del hermano mayor. Parecía no tener edad. Intentaba reconstruir la memoria que aquellas mujeres le ofrecían en migajas. Al caer la noche, su madre asomaba la cabeza en el salón, saludaba a Marthe, Rose o Jeanine, y decía: «Se ha hecho tarde, mamá, déjame un ratito a mi hija, que es la hora de la cena.» La muchacha se levantaba a regañadientes, agobiada por la idea de tener que sentarse frente a su hermano mayor. Había aprendido a evitarlo, pues si se acercaba demasiado, como antes, volvía el sufrimiento, se actualizaba la tristeza por haber sido separados. Acercarse a él destruía de golpe todo el trabajo de firmeza realizado. Suponía echarse al suelo y morir. Morir por semejante injusticia, morir por aquel niño que lo había cambiado todo.

Así pues, cada vez hablaba menos con su hermano mayor.

No obstante, se las arreglaba para cruzarse con él. Al salir del cuarto de baño, con el pelo aún mojado; a través de la ventanilla del autobús escolar que lo llevaba al instituto (le encantaba examinar el perfil de su rostro, sentado en los asientos delanteros, con la vista al frente), mientras ella esperaba el que debía llevarla al colegio. A veces se encontraba sus gafas olvidadas en una esquina de la mesa. En una ocasión lo vio de espaldas, en medio del vergel, sin motivo aparente. Creyó adivinarlo, sin duda estaba allí recordando al niño, debió de llevarlo en la tumbona para pasar un rato juntos en el vergel. Un rato sin ella, que no le pertenecía.

Acabó por aceptarlo. Aceptarlo era menos doloroso que sentirse excluida. Prefería un hermano mayor sumido en la tristeza que feliz sin ella. Un hermano mayor que ya no se reía, pero que no le giraba la cara. Tal vez lo había perdido; pero al menos había recuperado su fantasma.

Pasaron los meses en aquel *statu quo* obtenido sin lágrimas. Los padres iban a recoger al niño en vacaciones. Cuando volvían, no se acercaba a él. Estaba ocupada. Andaba siempre en casa de la abuela o de sus amigas, a quienes ocultaba la existencia del niño. Escuchándola, uno creería que sólo tenía un hermano y que, si no invitaba a nadie, era porque estaban haciendo obras en la casa.

En el colegio, la hermana no trabajaba demasiado. Los profesores se quejaban de lo revoltosa que era. Se mostraban preocupados. No tiene ni quince años, decían, no se puede acumular tanta rabia. Le llevó la contraria al profesor de Literatura que les había hecho comentar una frase de Nietzsche, que a ella le pareció deleznable: «Lo que no nos mata nos hace más fuertes.» El profesor se quedó pasmado ante su explicación: «Eso no es verdad, lo que no nos mata nos hace más débiles. Está claro que lo ha dicho alguien que no sabe nada de la vida, que se siente culpable y, justo por eso, embellece el dolor.» Lo dijo con virulencia, como una declaración de guerra, con tanta agresividad que llamaron a sus padres. En la muchacha palpitaba, cada vez con mayor intensidad, una pulsión vengativa. Algo le decía que, para vivir entre ruinas, más valía provocarlas. Cuando volvió de la peluquería con media cabeza rapada, su abuela fue la única a quien le pareció un corte original. Sus padres la miraron dando muestras de agotamiento. Su hermano mayor no se dio cuenta de nada.

• • •

A la hermana le traían sin cuidado el patio, el muro, nosotras. Pasaba sin detenerse. Con paso firme, furioso. Si nos hubiese prestado atención, habría sido para arrancarnos y descalabrar a alguien. Conocemos muy bien ese viento maligno que electriza los cuerpos. Hemos visto varios actos de violencia en este patio. Eso es lo que emanaba de ella, de nuestra querida hermanita: la sed de algo irreparable, sin vuelta atrás. Soñaba con destrucción y gritos sin respuesta. Desde que llegaba el mes de junio, se acercaba a los bailes de los pueblos, con la raya de los ojos pintada de negro, dispuesta a la confrontación. Eran pequeñas fiestas organizadas en plazas, pistas de tenis, casas de la juventud o aparcamientos de autocaravanas, en cualquier lugar donde el terreno fuese lo suficientemente llano y espacioso para instalar un equipo de sonido, un escenario y una barra. La hermana bebía sangría en vasos de plástico, en grandes cantidades, y hablaba muy alto. Los farolillos parecían a punto de incendiarse. Ella acudía con sus amigos y observaba a los grupos que venían de otros valles con sus motocicletas. En aquellas fiestas, antes de preguntarle a alguien su nombre, se le preguntaba: «¿De dónde vienes?» Y la respuesta era: «Vengo de Valbonne» o «Soy de Montdardier», y la hermana siempre se quedaba admirada ante el aplomo de las respuestas. Por mucho que ella procediera de una aldea precisa, situada en un valle preciso, no habría sabido qué responder. Se sentía desarraigada. Así que no respondía a las preguntas. Se comportaba de manera provocativa, desagradable. Buscaba pelea, y una vez la encontró, detrás del equipo de música, que ahogó sus gritos. Un chico borracho, fuera de sí, la tiró al suelo. Notó el sabor de la tierra y de la grava, mezclado con la voz de Cyndi Lauper, cuya canción *I Drove All Night* enardecía los ánimos de la pista en aquel momento. Se le había roto un diente. Se levantó tambaleándose tras el escenario, que vibraba por la potencia de los bafles, y se alejó de la fiesta con una mano en la boca. Su padre fue a recogerla en coche. Siempre lo hacía. A menudo se la encontraba vomitando, con los ojos llenos de lágrimas negras. En aquella ocasión, se limitó a darle un paquete de clínex, sin decir nada. Condujo apretando los dientes.

Entró en el instituto. También se peleó: primero en el comedor y luego en el recreo. Tras la reprimenda de un profesor, tiró al suelo el pupitre. La expulsaron. Sus padres no dieron con ningún centro que la aceptara a mitad de curso. El único que la aceptó era caro y estaba lejos. La inscribieron igualmente. Tenía que salir pronto de casa, a la misma hora que su madre para ir al trabajo. En la parte de atrás del coche, justo encima de la silla adaptada para el niño, habían colgado un móvil con un oso sonriente que sostenía dos racimos de cascabeles. Tintineaban en cada curva. La hermana odiaba el ruido que hacían.

Una mañana, excepcionalmente, el niño estaba allí. Tenía fiebre, y había que evitar que contagiara a los demás niños de la casa del prado. Los padres se quedarían con él hasta que le bajara la fiebre. La madre había pedido un permiso para cuidarlo, así que lo subió al coche para llevar a la hermana al instituto.

La muchacha se subió al asiento del copiloto evitando mirar al niño. Le oyó suspirar de gusto cuando la madre encendió la radio y el vehículo se llenó de música.

Durante el trayecto se puso a gimotear. El anorak acolchado lo mantenía demasiado apretado a la silla. La madre detuvo el coche en el arcén, le desabrochó el cinturón y se bajó para abrir la puerta trasera. El enorme cielo del amanecer, el olor del rocío, del asfalto húmedo, el canto de los pájaros entraron en el vehículo. La silueta todavía oscura de las cimas asomaba en el cielo rosado. Pero la hermana prefería la noche. Oyó a su madre hablar bajito, manipular las correas. Había que aflojarlas. Para ello, sacó al niño de la silla, pero no supo dónde ponerlo. Pesaba lo suyo y se le resbalaba, por mucho que lo sujetara con una mano por las nalgas, mientras trasteaba con la otra las correas. La hermana no le ofreció ninguna ayuda. Permaneció obstinadamente en su asiento, con la mirada fija al frente, en los picos que empezaban a aureolarse de efluvios violetas. La madre acabó rodeando el coche, abrió la puerta opuesta, dejó al niño en el asiento y volvió a ajustar la silla. No pidió nada a su hija. Cuando se sentó al volante, tenía la frente perlada de sudor. Subió el volumen de la radio.

La hermana se apuntó a clases de boxeo francés. Para llegar al gimnasio había que recorrer un tramo de la carretera comarcal en bici, era peligroso, era genial. Su abuela, siempre atenta a los detalles, le compró la equipación. Con la cara oculta bajo un casco y unos pantalones cortos relucientes, le hacía demostraciones en la terraza, enumerando los golpes bajos, los bloqueos, los saltos de cabra, los barridos (una vez tiró al suelo, sin querer, una ensaladera llena de compota para el niño). Forzaba la voz para acallar el ruido del torrente. Seguía con la demostración hasta quedar exhausta. La abuela, sentada en su silla de mimbre, aplaudía como si estuviera en la ópera.

Al menos una vez por semana, abuela y nieta se sentaban juntas frente a la chimenea para hojear un libro sobre Portugal. Era el único viaje que había hecho la abuela en toda su vida. Su luna de miel. Se lo contaba una y otra vez a su nieta y acababa sacando siempre un viejo álbum de fotos que empezaba con un mapa del país. Señalaba con la uña pintada la punta más meridional y murmuraba: «Carrapateira.» Allí fue, en aquel pueblo blanco asomado al Atlántico, donde se estropeó el autobús. Rememoraba el rugido del océano, un viento tan brutal que los árboles crecían encorvados, inclinando el tronco hacia el suelo en señal de sumisión, así como las casas de una sola planta, con los pulpos colgados en la pared, puestos a secar. Se había traído de aquel viaje unas recetas pasteleras que llevaba haciendo cincuenta años, como aquellos gofres de naranja que volvían loca a la muchacha. Le encantaba aquella palabra, Carrapateira, que sonaba mejor que Rifamycine. Soñaba con hacerse un tatuaje con aquel nombre.

Una tarde, mientras Marthe, Rose y Jeanine tomaban el té, la hermana tuvo una revelación. Aquellas mujeres estaban llenas de paz. Creyó haber descubierto un secreto. Fue casi una sorpresa, como cuando su hermano mayor y ella, en la época en que todo iba bien, encontraban los cangrejos que llevaban tanto tiempo buscando —la pequeña masa negra, borrosa, que avanzaba entre las piedras, en el lecho del río, les producía un intenso estremecimiento de asombro—. La abuela servía el té a aquellas amigas suyas de frases fragmentarias y párpados azules, que no se sorprendían lo más mínimo por la presencia de una adolescente con media cabeza rapada y los ojos de color carbón. La hermana se dio cuenta de lo diferente que era de aquellas señoras mayores. Ella había perdido aquella mezcla de ternura y aceptación. Habitaba en un mundo vegetal y vegetativo, los dos se confundían, un mundo de árboles y de niño acostado. Su presente se reducía a eso. Súbitamente se sintió más vieja que su propia abuela. Se levantó con brusquedad, bajo la mirada apenas sorprendida de aquellas señoras mayores. Se puso los auriculares del walkman, con el volumen al máximo, y se fue a patear la montaña al ritmo de *I Drove All Night* de Cyndi Lauper.

Los fines de semana se levantaba muy temprano, acostumbrada a las salidas matutinas con su madre. Las baldosas estaban frías. Pasaba por delante del cuarto vacío del niño y luego del cuarto ocupado de su hermano mayor. Se ponía una rebeca larga y salía de casa. Un velo de frescura le cubría la cara. La tierra humeaba, exhalando vapores blancos que se quedaban estancados. A la hermana le parecía que su memoria había adoptado la forma de aquella tierra, exudando fragmentos de recuerdos que eran como aquella niebla, incapaces de disiparse. Sólo el ruido del torrente daba muestras del desvelo, de la eterna carrera de quien se precipita cuesta abajo. Ante sus ojos, la montaña iniciaba el despegue, con la base apoyada en el borde de la carretera y el dorso arqueado hacia el cielo. De pie en el puente, con los brazos cruzados sobre el suéter, la hermana aspiraba el aire, calibrando la pena de no tener a su hermano mayor cerca, con lo que a él le habría gustado compartir aquellas mañanas con ella. Se preguntaba cómo hacer el duelo de alguien vivo. Notaba cómo le embargaba la rabia contra aquel niño que lo había estropeado todo. Se mezclaban una pizca de compasión y de disgusto, la imagen de su boca entreabierta, su respiración, sus gemidos de incomodidad o de beatitud. Luego llegaba el abatimiento que lo aplastaba todo, y se esfumaban las preguntas. De pie en el puente, la hermana se secaba los ojos.

—¿Por qué tus amigas, Marthe, Rose y Jeanine, no me juzgan?
—Porque están tristes. Y cuando se está triste, no se juzga.
—Qué tontería. Yo conozco a un montón de personas tristes que son mala gente.
—Entonces es que son infelices. No tristes.
—...
—Cómete otro gofre de naranja, anda.

• • •

A la abuela le pasó lo que le pasa a la gente mayor. Se desplomó un día en la cocina, a la hora del desayuno, vestida con su grácil kimono, entre aromas de castaña y de vainilla. La encontraron a última hora de la mañana. Marthe, Rose o Jeanine, una de las tres pasó por allí. A través del vidrio de la puerta de entrada, la amiga vio la mano de uñas rojas en el suelo, sobre una capa de polvo blanco, rodeada de los trozos de porcelana de un azucarero roto.

Los bomberos renunciaron enseguida. Había expirado hacía varias horas, les dijeron a los padres.

Para la hermana fue el fin del mundo. El equivalente de lo que para su hermano mayor había sido la marcha del pequeño.

La noticia se la dio su madre, temiendo su reacción, mientras volvían del colegio por la tarde, con las manos aferradas al volante y la mirada fija al frente: «Tu abuela ha muerto esta mañana.» La muchacha respondió lo que le dictaba el corazón. Dijo «no». La madre, estupefacta, creyó que no había entendido bien. ¿«No» qué? No.

Un desmoronamiento puede a veces adoptar la forma contraria de lo que cubre. La desesperación muta en dureza. Eso fue lo que ocurrió. Las ganas de pelea, el impulso, la efervescencia, la rabia, todos esos estados que llamaban con insistencia a su puerta desaparecieron de golpe, dando lugar a un desierto frío. Su corazón se cubrió de una película de hielo. Semejante intransigencia fue algo instintivo. La hermana se convirtió en un bloque de piedra. Le habían extirpado el corazón, ahora tenía un vacío, asunto zanjado.

Cambió hasta su manera de andar. Nos dimos cuenta enseguida. Ni más apresurada ni más inquieta, sino más marcial. Andaba con disciplina, con paso firme, sin flexionar apenas las rodillas, con la cabeza erguida. Abría la puerta medieval con una lentitud precisa. Incluso el gesto de apartarse el pelo de la cara había perdido su carácter impaciente, la mano parecía obedecer a un plan minucioso, coger el mechón, ponérselo detrás de la oreja. Sus gestos eran decididos, exentos de dudas y de emociones.

La metamorfosis se vio confirmada la noche en que su padre, por primera vez, perdió los estribos. Lo más probable es que un exceso de emociones favorezca el desgaste de la paciencia. Desde el nacimiento del niño, el padre sostenía a toda la familia. Más de una vez lo habíamos visto contemplar a su hijo pequeño en silencio y luego ir a buscarle un gorro. Pero la mayor parte del tiempo hacía bromas y se mostraba positivo. Una noche de Navidad, al ver el único paquetito que había junto a las alpargatas del niño, comentó: «Bueno, la ventaja de tener un niño discapacitado es que nos sale muy barato.» Su mujer no pudo contener un ataque de risa.

Sólo la hermana se dio cuenta de que su padre prefería el hacha a la motosierra cuando tenía que cortar leña. Lo había sorprendido frente al cobertizo, empapado de sudor, con una saña que había reconocido al instante. Levantaba los brazos al cielo y descargaba el hachazo, volcando todo su peso y emitiendo un gruñido terrible a medio camino entre el hipo y el sollozo, que ella no le había oído nunca. La madera estallaba en pedazos y las astillas salían disparadas, rasgando el aire como cuchillas. Su padre tenía ese cuerpo fibrado propio de los hombres de las Cevenas, pero en aquel momento le pareció una criatura enorme y musculosa. Arrancaba el hacha clavada en la madera y la alzaba de nuevo hacia el cielo, con puños temblorosos.

Lo había visto también librar batalla contra las zarzas que infestaban las orillas del torrente. También en aquella ocasión había renunciado a la desbrozadora para armarse con unas cizallas que abría y cerraba a una velocidad vertiginosa, como si quisiera castigar a la naturaleza. Tenía la mirada fija y los dientes apretados, como cuando volvían a casa en coche después de haberla ido a buscar a una fiesta.

Por las noches, recuperaba el buen humor y deleitaba a la familia con su hojaldre de cebolla o su estofado de jabalí, «porque en esta región hacen falta recursos», decía, antes de comentar las últimas noticias sobre la renovación de la cooperativa o sobre una vieja hilandería transformada en museo. Pero la hermana siempre sentía en lo más profundo de su ser una vaga inquietud, la desagradable sensación de un peligro, y le entraban ganas de estrellar el plato contra la pared.

Por eso no se sorprendió cuando, aquella noche, enfadado con un excursionista que exigía poder dejar su caravana junto al viejo molino, su padre cogió al hombre por el cuello y lo empujó hacia la carretera, con el mismo gruñido de animal furioso que soltaba al cortar leña. Para la hermana, aquella muestra de violencia fue como una llamada a filas. Hizo balance de la situación. Ante el arrebato del padre, el hermano mayor se limitó a arquear las cejas. La madre ni rechistó, desolada por la muerte de su propia madre. De hecho, había dejado de hablar, algo que a su hija no le había pasado desapercibido. Mientras el excursionista se alejaba renqueando y profiriendo amenazas, la muchacha sopesó la magnitud del desastre. Se vio susurrándole al niño, con los labios rozando su pálida mejilla: «Tú eres el desastre», pero apartó enseguida aquel pensamiento de su cabeza. No merecía la pena añadir caos al caos. No era el momento de la tristeza. Era el momento de salvar a una familia en peligro. Su padre se volvía violento, su madre enmudecía y su hermano mayor era ya un fantasma. Había llegado la hora del combate. Una fuerza brotó en su interior, de una frialdad lancinante. La fuerza de los estados de emergencia, que conocía muy bien tras haber sufrido las embestidas del cielo en la montaña, que arrancaban árboles, volcaban coches, se llevaban vidas por delante. ¿Qué se hacía en tales casos? Se apuntalaban los árboles, se abrían las presas para que corriese el agua, se llegaban a construir contrafuertes. Eso era lo que iba a hacer ella con su familia: construir contrafuertes para estabilizarla.

Para ello tenía que elaborar una estrategia. Compró un cuaderno para hacer una lista de preguntas y encontrar soluciones. Pregunta 1: ¿El hermano mayor se sentía mejor cuando el niño estaba cerca? Propuso que lo trajeran más a menudo de la casa del prado. Anotó en el cuaderno las fechas exactas de sus llegadas, llenó la nevera en consecuencia, calentó la habitación, preparó yogures a falta de compota. No lo hizo por cariño hacia el pequeño, sino para que el hermano mayor estuviera mejor. Se comportaba siguiendo un plan militar de rehabilitación familiar. La eficacia primaba por encima de todo. Pregunta 2: ¿El hermano mayor se aislaba demasiado? Ella lo vigilaba, anotaba sus ratos de soledad y, cuando la duración superaba el umbral crítico que había fijado, iba a buscarlo con una excusa perfecta: que la ayudase a entender un problema de matemáticas, sin decirle que ya lo había resuelto por sí misma. Pregunta 3: ¿Ya no desempeñaba su rol de hermano mayor? Pues al carajo con el orden natural de las cosas, hacía mucho que todo había estallado en mil pedazos. A partir de ahora ella cuidaría de su hermano mayor, invirtiendo los papeles. Pregunta 4: ¿Sus padres estarían más tranquilos si sacaba buenas notas, supondría para ellos una preocupación menos? Se puso manos a la obra. Su misión: aplastar a sus compañeros para ser la primera de la clase. No obtuvo ninguna satisfacción, más allá de poder aliviar a sus padres y tachar un problema de la lista. Actuaba metódicamente, como un soldado en plena batalla. Nosotras la observábamos moverse por el patio, sentarse con gesto decidido, soltar el cuaderno sobre la mesa del jardín como si quisiera abofetearla y anotar, hincando la punta del bolígrafo sobre el papel, las evoluciones de la contienda. Se adaptaba ante nuestros ojos como lo habían hecho su hermano, sus padres y tantas otras personas antes, ganándose cada vez más nuestra admiración. ¿Alguien contará algún día la agilidad que desarrollan los maltratados por la vida, su talento para encontrar siempre un nuevo equilibrio? ¿Alguien hablará del funambulismo de los damnificados?

La hermana se despojó de lo superfluo para liderar el combate. Renunció al maquillaje, se olvidó del peluquero. Si tenía que sujetar las riendas para tranquilizar a su familia, sujetaría las riendas. Era una orden. Aprendió a mostrarse indiferente aunque tuviera ganas de llorar, a actuar de forma despreocupada a la hora de comer, a hacer oídos sordos en el patio del instituto. Se impuso una disciplina de hierro. Milimetró sus horarios. Hizo las compras, preparó las comidas, tendió la ropa junto al molino. Ahorrarle aquellas tareas a su madre suponía ganar diez minutos o una hora, tiempo que podría aprovechar para conversar con ella y que así aprendiera de nuevo a hablar. La hermana escribía en su cuaderno temas de conversación que memorizaba para sacarlos cuando estaba con su madre o durante las comidas. Para ello, leía el periódico y retenía las noticias locales para comentarlas por la noche. Luego observaba y anotaba las reacciones de su familia. Viñas devoradas por un parásito, tratado de Schengen, concierto de Bruce Springsteen en la región, episodio de «Les Cordier, juge et flic» —la serie que veía su padre—, canícula el próximo mes de junio, construcción de una oficina de turismo a la salida del pueblo... Retenía los temas, en definitiva, que creía que iban a sorprender a su madre, llamar la atención de su padre, exasperar a su hermano mayor. Dejó de compartir secretos con las amigas, de volver tarde a casa, de aceptar invitaciones.

Al principio sus amigos se rebelaron. Motos ruidosas dieron vueltas a su alrededor frente a las verjas del instituto. Le robaron la mochila. El asunto se arregló cara a cara, y las clases de boxeo le fueron de gran ayuda. Su adversaria acabó con la nariz rota. Los padres multiplicaron las visitas y las conversaciones para desagraviar a la familia de la afectada.

Tras aquel episodio, dejaron a la muchacha en paz. Se convirtió en un ser solitario, con lo sociable que había sido. Un ser solitario con una misión: impedir el naufragio de su familia. Si alguien le hubiese dicho entonces que un gran amor la esperaba, un amor que derribaría todas sus defensas y le haría amar la vida, se habría reído. Y, sin embargo, acabaría ocurriendo. La hermana iba a encontrar a alguien en quien confiar, pero por entonces aún no sabía nada de milagros.

De vez en cuando, sacaba el yoyó de su abuela, pero lo guardaba enseguida. No se permitía ninguna debilidad. No volvió nunca a su casa y no quiso saber nada del grácil kimono que le ofrecieron conservar tras el entierro. Olvidó el sabor de los gofres de naranja. No retomó las clases de boxeo, ni volvió a abrir las revistas a las que su abuela la había suscrito. Se convirtió en un ser que nunca había leído ni compartido nada, sin memoria ni lazos, que había sacrificado su futuro por un objetivo. Miraba al frente, cual capitana con los puños cerrados. Tenía que resistir contra viento y marea.

• • •

Pasaron los meses. Se había convertido en un animal de competición, de reflejos rápidos, parca en palabras, hermética a los estados de ánimo. Perdió las amigas que le quedaban, pero no le supo mal. Guapa como ella sola, ignoró las miradas lascivas, despreció las pandillas, mostró una indiferencia gélida ante cualquiera que se le acercara. Era puro cálculo: ¿su hermano mayor había sonreído más de dos veces en un mismo día?, ¿cuánto tiempo llevaba su padre sin cortar leña como un loco?, ¿qué palabras había pronunciado su madre aquella semana?, ¿qué miradas habían intercambiado durante la comida?, ¿había provocado alguna reacción el tema de las elecciones cantonales?, ¿cuál sería su nota media al final del trimestre? Consignaba todos los cambios. El mundo se había convertido en un baile de cifras que anotaba en su cuaderno. En la página de la izquierda, la lista de problemas paulatinamente tachados; en la página de la derecha, los temas de conversación previstos para el día siguiente. Se quedaba dormida con el cuaderno abierto sobre la almohada.

Al mismo tiempo, el hermano mayor efectuaba el movimiento inverso. Se iba apaciguando, abriéndose cada vez más. Cuando el niño regresaba por vacaciones, se mostraba tierno y se desvivía de nuevo por él. Le llegó a cortar el pelo. La hermana experimentó la satisfacción del objetivo alcanzado —pues perdida toda esperanza, sólo quedaban los objetivos—. Su hermano mayor se había relajado, había ganado consistencia, sonreía, y poco importaba que lo hiciera junto al niño. La elogió por haberse dejado crecer el pelo, por no llevar maquillaje. La hermana pensó en la línea del cuaderno que iba a poder tachar y suspiró de alegría.

Aprovechó la ocasión para agrandar la brecha. Consiguió convencerlo para ir al cine. Sin decirle nada, evitó sentarse en las mismas butacas en las que se sentaba cuando iba con su abuela (siempre al lado del pasillo, pues «si hay que salir huyendo, es más práctico», decía). Hablaron de las moras, que aquel año eran enormes, del empleado de la gasolinera que se había largado con la peluquera del pueblo, recordaron algunas anécdotas del colegio. Más bien tímidamente.

La película era bastante ñoña y estaba mal doblada. Pero le dio igual. En la penumbra salpicada de reflejos vivaces y coloridos, comprendió de pronto que su hermano mayor nunca se curaría del dolor por el pequeño. Curarse suponía renunciar a su pena, pues la pena era lo que el niño había sembrado en él. Era su impronta. Curarse quería decir perder su impronta, perder al niño para siempre. Ahora sabía que el vínculo puede adoptar distintas formas. La guerra es un vínculo. La tristeza también.

Una tarde de otoño, le pidió al hermano mayor que la llevara en moto a casa desde el instituto. La tarde era roja y desapacible. Varios días antes, una terrible tormenta, acompañada de un viento furioso, que sin duda la abuela habría sido capaz de anticipar, había azotado las Cevenas. El cauce del río había crecido varios metros, arrastrando árboles y coches, dos personas habían desaparecido. El agua había arrasado los terrenos del camping, construido en un entrante del río, las pasarelas, las reservas de leña, los invernaderos, las plantaciones de cebolla. En el pueblo, las tiendas situadas a la orilla habían visto cómo el agua inundaba los escaparates. La farmacéutica hablaba de jeringuillas flotando, el carnicero aseguraba que se le habían estropeado todas las máquinas. Por lo menos, decían los comerciantes, cuando el agua había invadido sus tiendas habían podido escapar por las escaleras que subían a sus casas o por las puertas traseras.

La hermana y el hermano pudieron ver las consecuencias del temporal aquella tarde, volviendo del instituto. Los árboles estaban caídos, las ramas cubiertas de barro. Las raíces al descubierto tenían algo de obsceno. El lecho del río se había ensanchado varios metros, como si dos manos surgidas del cielo hubiesen decidido separar y allanar los márgenes. En las orillas ya no había ni troncos ni rocas, sino amplias zonas arenosas. Sentada en el transportín, la hermana tuvo la impresión de estar atravesando una masa movediza con olor a tierra mojada y llena de ruidos extraños, gritos de animales prehistóricos, crujidos en las sombras, murmullos de bosques vírgenes. Procuraba no estrechar demasiado la cintura de su hermano, que conducía con prudencia. Iban en silencio. Se preguntó si lo había perdido para siempre. ¿Quién podía saberlo? Fuera como fuese, lo asumiría. La pérdida se había convertido en una amiga íntima. Pasaron junto a un puente derruido por la tormenta. Había arrancado una parte del parapeto, dejando un vacío en forma de arco. Era como si un ogro le hubiera hincado el diente, dibujando la curva de un bocado.

Fue entonces, al dejar atrás aquel puente recortado, cuando nació en ella la certidumbre de que se iría.

Cuando el niño volvió para las vacaciones siguientes, había crecido un poco más. El hecho de estar siempre tumbado le había producido una hipertrofia del paladar, y la consecuencia era que los dientes le crecían de cualquier forma y se le hinchaban las encías. Su discapacidad saltaba a la vista. Pero, curiosamente, la hermana no sentía ninguna repugnancia. Se pasó el verano esquivándolo, como siempre, pero observó que el hermano mayor reestablecía los lazos con él. No le dio miedo ni envidia. No intentó interponerse, como había hecho otras veces. Por las noches, los temas de conversación fluían, el hermano mayor comentaba alguna noticia de actualidad o le preguntaba al padre por la cosecha de las cebollas. Ella lo observaba con atención. El parecido no dejaba de sorprenderla. El hermano mayor era el pequeño convertido en adulto.

A la vuelta de un corto viaje, una mañana, el hermano mayor entró en el salón, que olía a café, dejó la mochila en el suelo y subió corriendo la escalera para ver al niño. Se encerró en el cuarto y la hermana pudo imaginar su cuerpo inclinado sobre la cama de volutas, a la expectativa. A partir de aquel día, el hermano mayor pareció recuperar la felicidad perdida. Otra línea del cuaderno que podía tachar. Volvió a bañar al niño, a llevarlo a la orilla del río, a tumbarlo debajo del abeto. La hermana los vigilaba desde la distancia. Se comportaba como un general controlando un territorio: en qué toalla dormitaba el hermano mayor, cuántas veces levantaba la cabeza para acariciar la mejilla del niño, si había pensado en llevar una botella de agua o comprobado que no hubiera ningún nido de avispones en el tronco del abeto. Todo estaba en orden. Su hermano parecía contento. Abrió el cuaderno. Tachó una línea. Casi había cumplido la misión que se había impuesto: recuperar a su familia. También pensó que había alcanzado tal nivel de dureza que no iba a ser capaz de expresar sus emociones nunca más.

Semejante temor quedó desmentido el día del entierro.

Mientras subía la montaña hacia la tumba, acompañada por una pequeña muchedumbre silenciosa, la hermana se sintió cada vez más agarrotada. Frío, mucho frío. Se le fue metiendo en el cuerpo y paralizando sus extremidades, bloqueándole el pecho. Recordó que su hermano mayor siempre arropaba al niño. Le había llegado su turno. Ahora ella era, como el niño, presa del frío. Sintió pánico. Movió los dedos, pataleó para que circulara la sangre. Era una congelación lenta, nada que ver con el escalofrío helado que sentía cuando se lanzaba al torrente. Casi quemaba.

Ocultando su malestar, caminó con los ojos clavados en las piedras. Ya nos habría gustado a nosotras poder ofrecerle algún consuelo, pero ¿quién nos hace caso? Nadie es consciente de esta paradoja, que las piedras ablandan a los seres humanos. Así que los ayudamos como podemos, les servimos de cobijo, de banco, de proyectil o de camino. Escoltamos a la joven, que mantenía la cabeza gacha. Caminaba deprisa, bruscamente, temblando. Bajo sus pies, el pedregal crujía como la arena.

Cuando llegaron al claro, en aquel majestuoso decorado de cuento de hadas, lo primero que vio fueron las ramas de los robles, largas y curvas, casi a ras de hierba; las piernas de sus padres, tan juntas que parecían formar parte de un mismo cuerpo; luego, la verja baja y puntiaguda del minúsculo cementerio. Fue como si aquella verja pinchase alguna cosa. El peso de los años le cayó encima. Todo estalló de pronto, la alegría del nacimiento, la suavidad de las mejillas, la vergüenza de haberlo ninguneado y la de haberlo soltado la vez que intentó cogerlo en brazos, el cuerpo tan frágil en el baño, los almohadones del patio, la respiración de su hermano pequeño —porque por primera vez pensó en estos términos, «mi hermano pequeño», como le habría gustado a su abuela que lo llamase—. La emoción la dejó sin aliento. Oyó el arrullo del río, allí abajo, y por primera vez el murmullo no era un murmullo de indiferencia, sino de permiso. Como si le dijese: déjate llevar. La hermana se vino abajo. Se hizo un enorme silencio de estupefacción. Hasta los hombres de la funeraria permanecieron inmóviles. El hermano mayor fue el primero en actuar, atónito ante la muestra de tristeza de su hermana, que había decidido no sentir ninguna. Lo vemos acercarse a ella. Cogerla de los hombros, repetir su nombre. Intenta levantarla, no lo consigue, la estrecha contra su pecho. No es más que una espalda encorvada y estremecida. La hermana musita:

—Ha tenido que morirse para que nos encontremos.

Entonces el hermano mayor baja la mano y le sostiene la frente, sonríe a pesar de las lágrimas que se le escapan también a él, apoya el mentón en la cabeza de su hermana y le susurra con ternura:

—No, al contrario. Mira, incluso muerto, nos une.

3

El benjamín

Los padres se lo anunciaron por teléfono. «Esperamos otro niño.» Lo hicieron con miedo, escogiendo las palabras. Fue inútil. El hermano mayor vivía en la ciudad, donde cursaba la carrera de Economía. La hermana estaba estudiando en Lisboa.

De hecho, al estar lejos de casa, no sorprendieron a su madre despierta en plena noche, tumbada en el sofá, con las piernas dobladas sobre su abultada barriga. No se enteraron de las pesadillas llenas de partos catastróficos. No la vieron internarse en la montaña, rompiendo el silencio algodonoso de la noche, con la mirada perdida y los pies bien separados para no caerse. No supieron que apretó muy fuerte la mano de su marido cuando se sentaron frente al especialista que había tratado al niño muerto. Fue en el mismo hospital, con el suelo de caucho gris y la misma pregunta que años atrás: ¿sería normal la criatura? En ellos palpitaba la gran expectativa de los padres heridos, unidos por la misma angustia, la de estropear una vida cuando desean darla.

El especialista les anunció, con las ecografías en la mano, que todo iba bien. «Va todo bien»: nadie había pronunciado aquella frase en muchos años, hasta el punto de que los padres creyeron haber oído mal, como si no dieran crédito a lo que les decía, y le preguntaron si podía repetirlo. El especialista sonrió. Definitivamente, la vez anterior había sido una desgracia, y ahora tenían suerte de que la mujer hubiera podido quedarse embarazada de nuevo, pasados ya los cuarenta. Desgracia, suerte, todo acaba equilibrándose, dijo el especialista mientras los acompañaba a la puerta. Parecía emocionado. Detalló a la madre las pruebas a las que debería someterse, iban a estar muy pendientes del embarazo, pero ahora los avances en el diagnóstico por imagen revelaban cualquier malformación, era un campo que había evolucionado mucho en los últimos diez años. Luego carraspeó y les confesó que, cuando le hicieron el escáner al tercer hijo, les había ocultado algo: que «un niño diferente es una prueba muy difícil. La mayoría de las parejas terminan separándose».

Y ahora estaba allí. Era un niño.

El benjamín.

Llegaba tras muchos dramas. Por consiguiente, no tenía derecho a provocar otros nuevos.

Fue un hijo ejemplar. Lloró poco, se adaptó a la incomodidad, a la separación, a las tormentas, nunca protestó por tener que arrimar el hombro. Fue un consuelo para sus padres. Fue el hijo perfecto, como para compensar al anterior.

Toda su infancia llevó la marca de una tensión dolorosa alrededor de su crecimiento. A veces su madre le preguntaba si veía bien la naranja, en el frutero, en un rincón de la cocina. Él respondía: «Sí, claro que veo la naranja.» Entonces a su madre se le dibujaba una sonrisa que parecía venir de tan lejos, gastada por tantas penas, que el muchacho le describía la naranja para que no dejara de sonreír. Tiene aspecto blando, le decía, color oscuro, no es completamente redonda, está en equilibrio encima de las manzanas, parece que va a caerse, pero aguanta. Su madre acababa riéndose.

Creció entre suspiros de alivio. Las paredes estaban llenas de fotos que mostraban sus primeros pasos, sus primeras palabras, sus primeros gestos, y aquellas muestras eran una forma de sosiego, de llamada a la tranquilidad. Todo iba bien, la prueba estaba en que andaba, hablaba, veía. Lo habían fotografiado. Ahí estaba la prueba.

El benjamín no crecía solo. Era consciente de ello. Había nacido con la sombra de un difunto. Una sombra que condicionaba su vida. Tendría que lidiar con eso. No se rebeló contra aquella dualidad forzosa, al contrario, la integró en su vida. ¿Que un niño discapacitado había nacido antes que él y había vivido hasta los diez años? Los ausentes también eran miembros de su familia.

A menudo, impulsado por un instinto ancestral, se incorporaba en la cama en plena noche. (En aquella familia, ya nadie dormía bien. El sueño era el molde de las penas, llevaba marcada su huella.) El benjamín se levantaba y constataba que su intuición había sido correcta. Se encontraba al padre leyendo ante la estufa apagada. O a la madre sentada en el sofá, con la mirada perdida, sin mirar nada en concreto, saltando de unos objetos a otros. Entonces se sentaba a su lado y se ponía a hablar bajito de todo y de nada. Les ofrecía una infusión de zarzamora y les contaba lo que había hecho en el colegio o lo del accidente del camión de la cooperativa. Los protegía como quien se sienta junto a un niño enfermo. Sabía que ése no debería ser su rol. Pero también sabía que al destino le gusta mezclar los roles, y que debía adaptarse. Aquello no pedía ni reflexión ni rebelión. Las cosas eran así. Había en él una profunda bondad. En la sonrisa provocada por un rayo de sol, que parecía dirigida a nosotras, muchos habrían visto cierta ingenuidad: ¿quién sonríe a las piedras? Pero nosotras veíamos más bien nobleza, la nobleza de la amabilidad, esa que exige el valor de abrirse a los demás con la certeza, tan preciada, de que un juicio adverso no supondrá merma alguna en nuestro modo de proceder. La fuerza de su amabilidad lo volvía dueño de sus actos, impermeable a la estupidez, seguro de su instinto. Con semejantes armas, el benjamín había aceptado con naturalidad la extraña familia que le había tocado en suerte, una familia herida pero valiente, a la que amaba más que nada en el mundo. Por eso cuidaba, en primer lugar, de sus padres.

El vínculo que los unía era tranquilo y fuerte. Los tres formaban un nido, y sus días se tejían como una cicatriz. Sobre sus hombros sentían la obligación del renacimiento. Era algo a la vez pesado y gratificante. Pero era lo que les había sido dado.

A veces el padre le alborotaba el pelo con una ternura inquieta, con una brusquedad que escondía un temor, el de verlo partir, como si a él, al benjamín, tuvieran que retenerlo, porque antes que él había habido sufrimiento y tras él no habría nada. Se encontraba entre dos aguas. Era a la vez un nuevo comienzo y una continuidad, una fractura y una promesa. Tenía el pelo menos tupido que el niño. Los ojos, menos negros; las pestañas, menos largas. Hiciera lo que hiciese, se sentía «menos» que él, por mucho que el disminuido hubiera sido el otro. Pero el benjamín pensaba esto sin amargura, pues sentía hacia el niño desaparecido una indulgencia y una curiosidad sinceras. Habría dado mucho por haberlo conocido. Y luego había otra cosa. Los momentos que compartía con sus padres le pertenecían en exclusiva. Habían nacido con él. Exentos de cualquier memoria, no llevaban la marca de un pequeño fantasma. El benjamín no se sentía desposeído.

Su padre lo llevaba bajo el porche. Cortaban leña. El ruido de la motosierra parecía rasgar el aire. Al muchacho le encantaba mirar cómo la hoja rozaba la madera y se hundía como si fuera mantequilla. Los trozos hacían un ruido sordo al caer. Se agachaba para retirar los leños mientras su padre cogía el siguiente tronco y lo ponía sobre los caballetes metálicos, con los soportes coronados de triángulos, como si fuesen mandíbulas. Luego el muchacho empujaba la carretilla hacia el cobertizo, cruzaba la puerta carcomida y descargaba la leña para ponerla a secar, fantaseando con las etiquetas que indicaban el año de la tala, 1990, 1991, 1992, tantos años sin él.

A menudo su padre y él se ponían un gorro y un par de guantes, y salían a hacer reparaciones. Era su gran pasión: reforzar, realzar. Enderezar. Construían un muro de piedra en seco o una escalera para bajar al río, ponían un batiente, armaban una balaustrada, colocaban un canalón, embaldosaban una terracita. Recorrían juntos las grandes superficies donde vendían herramientas. Cada vez que pasaban por delante de un cartel publicitario que mostraba un prado donde había una casa con un tejado de tejas y una verja (el anuncio hacía gala de techumbres impecables), el benjamín notaba cómo su padre se tensaba imperceptiblemente. Entonces pensaba que una casa en un prado debía de haber jugado algún papel importante en la historia del niño. Percibía aquella tensión ínfima de los cuerpos cada vez que su madre preparaba una compota o aquel día en que, en el parking de una tienda de bricolaje, una mujer desplegó un cochecito. El mecanismo se abrió tan rápido que las ruedas de caucho chasquearon al impactar contra el suelo. El padre se sobresaltó como si aquel ruido procediera de otro mundo. Durante un segundo, sus ojos barrieron el aparcamiento en busca del ruido, del cochecito desplegado y sin duda del niño que debía ocuparlo. Enseguida se recuperó, bajó la cabeza y empujó el torniquete de acceso a la tienda. El benjamín no se perdió ni un ápice de la escena, concentrada en tan pocos segundos. No le costó entender su significado.

En el trayecto de vuelta, con el maletero lleno de herramientas nuevas, su padre y él disfrutaban de un silencio satisfecho, cargado de promesas, de construcciones futuras. En la carretera que bajaba hacia el pueblo, a su padre le daba, de vez en cuando, por hacerle preguntas.

—Para un roscado manual, ¿qué herramienta necesito?
—Una terraja.
—¿Cuántos pasos sucesivos debo realizar?
—Tres.
—¿Con qué machos?
—Desbaste, intermedio y acabado.
—¿Cómo reconozco el acabado?
—Porque no tiene ninguna raya sobre el vástago cuadrado.

Eso era todo. Luego el padre seguía conduciendo. Y el benjamín miraba por la ventana.

Pusieron bambús en la pasarela más soleada, esperando perpetuar así la destreza de la abuela, a la que el benjamín no había llegado a conocer. Sus gestos eran ágiles y precisos, bien compenetrados. Se pasaban las piedras o las herramientas en una coreografía muda. Al padre se le metía el sudor en los ojos y se secaba la frente sin quitarse los guantes de trabajo. Los rayos del sol penetraban en la tierra, de ahí que irradiase, pensaba el benjamín. A su alrededor la montaña hacía guardia, manifestando su presencia a través de mil ruidos, chirriando, rechinando, estallando de rabia o de risa, murmurando, retumbando, zumbando, susurrando, y el niño ausente, que podía oír, tenía que haberlo percibido. Sin duda había aceptado que la montaña es bruja o princesa medieval, ogro bueno, dios antiguo o bestia malvada.

El benjamín sentía que la montaña estaba de su lado, que era una aliada. Sabía que las obras de los hombres estaban condenadas a la nada, que las pasarelas se hundían, que los árboles crecían en las rocas y destruían los cultivos. Era consciente de su intransigencia. Pero también sabía que en abril las celidonias salpican la hierba de gotículas amarillas, que en julio los arrendajos picotean los higos y que en octubre hay que agacharse para recoger del suelo las primeras castañas. El muchacho acostumbraba a levantar las piedras, consciente de que la vida hervía debajo. Había comprendido eso de nosotras, que nuestro vientre sirve de refugio. Llegaba incluso a hacer agujeros en la tierra, de quince centímetros como mínimo, y a cubrirlos con una piedra llana para que las lagartijas pudieran desovar en paz. Tenía predilección por las cochinillas, porque se hacen bola cuando tienen miedo. Le fascinaba semejante reflejo, le parecía sencillamente genial: enroscarse en caso de susto. En el fondo, pensaba, los humanos imitan a las cochinillas. Cuando encontraba alguna, y sujetaba la bolita de pizarra en la palma de la mano, contenía la respiración. Luego la devolvía con delicadeza a la tierra húmeda y se iba caminando de puntillas.

El benjamín tenía un respeto infinito por la naturaleza. Las piedras conservaban la huella de los animales, el cielo era un vasto refugio para los pájaros y el río, por encima de todo, estaba habitado por sapos, culebras de agua, zapateros y cangrejos. Nunca se sentía solo. Y entendía que el niño hubiese vivido en aquel entorno mucho más de lo previsto, para disfrutar de semejante compañía. Le parecía lógico. Si hubiese podido conocerlo, habría tenido eso en común con él: la aceptación completa de la montaña.

Por las noches, cenaban los tres juntos, el benjamín y sus padres. Le gustaban las palabras que se dicen por decir, por el mero placer de pasar el rato o de escuchar el sonido de una voz. En el ambiente flotaba ese cariño que sutura las vidas, que colma los sutiles silencios. Se servían agua unos a otros, se pasaban la carne y el pan de centeno, preguntaban si alguien quería un poco de queso *pélardon*. Acompañaban las frases de comentarios como «¿ah, sí?», «L'Espérou es un pueblo muy bonito», «uy, sí, las ortigas son terribles», «son majos los Mauzargue». Hablaban del mezclador de doble paleta que habían comprado el día anterior, ¿serían suficientes cuatrocientas cincuenta revoluciones por minuto? Al abrir los cajones del escritorio de su hermana, buscando clips, había encontrado un cuaderno lleno de «temas de conversación». Estaba escrito tal cual, en lo alto de la primera página. Se quedó muy sorprendido. En las cenas a las que estaba acostumbrado, nadie necesitaba «temas de conversación». Sintió una satisfacción secreta, no tanto de orgullo como de sosiego. La armonía de los vínculos familiares saltaba a la vista. La feliz tranquilidad del convaleciente.

El hermano mayor y la hermana salían a menudo en las conversaciones. Estaban allí sin estar presentes. Reconstruían sus vidas a través de las noticias que les iban llegando, la aparición de los primeros teléfonos móviles permitía ahora estar mejor comunicados. El hermano mayor había obtenido un puesto en una empresa importante. Llevaba traje, iba a trabajar en autobús, vivía en un piso. Pero no había nadie más en su vida. Nada de amor, pocos amigos. Los padres hablaban de él como quien toca un jarrón de cristal, con delicadeza.

La hermana seguía en Portugal, pero había dejado los estudios de Literatura Portuguesa. Se había cansado —de todos modos, apuntaba el padre, nunca le había gustado estudiar—. Estaba pensando en dar clases particulares de francés. Salía mucho de fiesta. Su piso estaba en una calle estrecha que hacía bajada, en la que había una tienda de discos, y el chico de la tienda era ahora su pareja. Ya no los llamaba tanto como antes. Parecía estar muy enamorada. «Está renaciendo», decía su madre con una sonrisa, y el benjamín pensaba, al oírla, que para renacer hay que haberse muerto, y percibía entonces la enormidad de lo que su familia había vivido antes de que naciera él.

• • •

Bajo la impecable fachada, ardía en ganas de saber. Cuándo os enterasteis, qué hacía mi hermano durante todo el día, olía de algún modo especial, estabais tristes, cómo se alimentaba, podía ver, podía andar, podía pensar, le dolía, os dolía.

En su fuero interno, llamaba al niño «mi casi yo». Tenía la sensación de ser su doble, alguien que se le parecía. Alguien que no tenía más lenguaje que su sensibilidad no podía haber hecho daño a nadie, alguien tan reconcentrado en sí mismo. Como una cochinilla.

Lo echaba de menos —lo cual era el colmo, pensaba, pues ni siquiera lo había conocido—. Le habría gustado tanto haberlo visto, olido, tocado, aunque sólo hubiera sido una vez. Así habría estado en igualdad de condiciones con el resto de los miembros de su familia y habría podido saciar aquel interés profundo y sincero que sentía por el niño. La discapacidad que había sufrido no le desagradaba. Al benjamín le atraía todo lo que era débil. Así no se sentía juzgado. No tenía ni idea de por qué temía ser juzgado, a no ser que la vergüenza que habían sentido su hermano y su hermana, y quizá también sus padres, cuando la mirada de los otros se detenía en el cochecito, cuando los otros hacían alarde de su normalidad, fuera tan profunda y culpabilizadora («una vergüenza vergonzosa», decía él) que se hubiera transmitido a través de la sangre. Habría deseado abrazar a aquel niño para protegerlo. Cómo puedo echar tanto de menos a alguien muerto antes de que yo naciera, se preguntaba, y la pregunta le daba vértigo.

• • •

Había una foto colgada en la pared de la habitación de sus padres, cerca de la cama, encima de la lámpara de la madre. En ella aparecía un niño acostado sobre unos almohadones, a la sombra del patio. La imagen estaba tomada desde abajo, a nivel del suelo, probablemente por su hermano mayor. Las rodillas huesudas contrastaban con el espesor del almohadón en el que reposaban, más abiertas de lo normal. También tenía abiertos los brazos, pero con los puños apretados como los de un bebé. Las muñecas eran tan delgadas que «parecían ramitas cubiertas de nieve», pensó el benjamín. Tenía la piel fina, muy pálida, mofletes carnosos y largas pestañas negras. El pelo castaño y tupido. En una esquina inferior de la imagen, el benjamín reconoció, borrosa, la mano de su hermana.

Habían tomado aquella foto una tarde de domingo, con las montañas asomando los hombros por encima del muro y alargando el sólido cuello hacia el cielo azul. Se respiraba calma, pero había al mismo tiempo cierta tensión (sería cosa de las piernas, tal vez, o del cuello demasiado inclinado hacia atrás, o del destino).

Cuando el benjamín iba a darle un beso a su madre antes de acostarse, echaba un vistazo rápido, casi temeroso, a la foto. Le habría gustado quedarse allí más rato, contemplándola. Pero no se atrevía. Su madre lo animó en varias ocasiones a hacer preguntas, pero eran tantas que acabó renunciando. En realidad, tenía miedo de cansar a su madre. No quería que los recuerdos le provocaran de nuevo aquella sonrisa triste, la misma que se le dibujaba tras la pregunta: «¿Ves la naranja?» No quería arriesgarse a preguntar: «Si él no hubiera muerto, ¿yo habría nacido igualmente?» La estrechaba entre sus brazos. Y formulaba en silencio promesas y juramentos de amor y de cuidado mutuo, con los ojos cerrados, contra su cuello.

En la escuela destacaba. Y eso que lo que hacían no le interesaba demasiado, le parecía cuadriculado, convencional, algo estúpido. Excepto Historia. Ésa era la única asignatura que le gustaba de verdad. Memorizaba todas las fechas sin dificultad, se sumergía en determinados períodos y le parecía captar los matices, las sutilezas, las mentalidades. Tenía predilección por la Edad Media y, cuando descubrió que los hombres de aquella época ponían nombres a las campanas y a las espadas, se sintió comprendido, pues él también ponía nombre a las piedras. Así es el imaginario de los niños, capaz de darnos una identidad que nunca habíamos pedido, pero cuya sonoridad saboreamos («Costane», «Haute-Claire», «Joyeuse»), transformando nuestro muro en un álbum de fotos.

En la escuela primaria estudió, con idéntico placer, desde los vikingos hasta el final de la Segunda Guerra Mundial. La primera fecha de determinado período le provocaba un intenso sentimiento de felicidad, la impresión de estar entrando en un país desconocido. Tendría que aprender un idioma distinto, una nueva manera de comer y de pensar, una relación diferente con el espacio y con los sentimientos. La Historia era un viaje a un continente ignoto que, sin embargo, concordaba a la perfección con su situación actual. Sentía que era el eslabón de una cadena, que ocupaba su lugar en la enorme retahíla de gente que, antes que él, había dibujado el mundo. Le encantaba la idea de estar situado entre miles de vidas vividas y otras tantas por vivir. Así ya no se sentía el benjamín. A veces nos tocaba con las yemas de los dedos, ceremoniosamente, como si tocara los vestigios de sus ancestros —y no le faltaba razón, pues las piedras son reliquias—. Pero no se lo contaba a nadie.

Sentía que una frontera lo separaba de los niños de su edad. Captaba la complejidad humana sin esfuerzo. Detectaba una mirada, un gesto de melancolía o de esperanza, un sentimiento de inferioridad, un amor secreto, un temor. Husmeaba a los demás como un animal. Pero se aseguraba de seguir siendo humano para evitar el rechazo, sabedor de que los seres demasiado sensibles se convierten en presas para sus semejantes.

No tardó en descubrir a un chico de su misma edad, que se mantenía apartado del resto. Sin duda procedía de otro valle. O acababa de instalarse allí. En todo caso, nadie lo conocía. Observó cómo los otros lo observaban, sopesó el peligro de mantenerse al margen. El chico ya corría detrás de su bufanda, que alguien había enrollado hasta hacer una bola, y que ahora se pasaban los unos a los otros como si fuera un balón. El muchacho saltaba, con los brazos extendidos, pero la bufanda volaba demasiado alto. En un momento dado, cayó en las manos del benjamín. Le habría gustado ayudar al chico, que ya se abalanzaba sobre él, pero hizo justo lo contrario, siguió el juego a los demás. Lanzó la bufanda con todas sus fuerzas hacia otro grupo, obligando al chico a dar media vuelta, con tal brusquedad que derrapó. No se levantó enseguida, sino que se quedó en el suelo llorando su derrota, mientras una oleada de júbilo cruel se propagaba por el patio.

La escena atormentó al benjamín. Soñó con ella, se despertó sobresaltado, bajó la escalera para sentarse junto a su padre, que hojeaba una revista de herramientas en plena noche (algo habitual, por otra parte). Odiaba lo ocurrido en el recreo y se odió a sí mismo. Si hubiese sido Ricardo Corazón de León, pensaba, nunca habría actuado así. Podía oír con claridad el llanto del muchacho, como si estuviese a su espalda, en el salón. Así que le pareció lógico, al día siguiente, recuperar su verdadera naturaleza. Esperó el momento propicio para, antes de entrar en clase, quitarse su propia bufanda y entregársela al muchacho, ante la mirada de sus compañeros. Oyó que alguien lo llamaba «traidor», mientras el nuevo, deliberadamente, evitaba coger la bufanda, que caía al suelo del patio como una pesada cinta. «No me he ganado su amistad y encima he perdido la de los demás», pensó el benjamín, aunque en el fondo no le extrañó. Se sentía diferente de los demás y diferente también del muchacho diferente. Ya iba siendo hora de aceptarlo. Tenía que ser prudente.

En su cabeza se arremolinaban preguntas que nadie a su alrededor parecía hacerse. Un muro de piedras separaba la calle del patio de la escuela, y el benjamín podía permanecer largo rato inmóvil frente a él, preguntándose cuál sería la mejor forma de sellar las brechas. Por su mente pululaban las palabras que usaba su padre cuando construían un muro, palabras que le encantaban: «tizón», «solera», «enrasado», «perpiaño». Le entraban ganas de acercarse más a las piedras y apoyar la frente en ellas, «de acostarse en vertical», pensaba, pero se contenía. Tenía que caer bien otra vez, reintegrarse en el grupo, resarcirse del episodio de la bufanda. Si el resto de la clase jugaba al fútbol, él también jugaría al fútbol. Como desconfiaba de los demás, fue lo bastante listo para confundirse con ellos y evitar así el oprobio. Daba su opinión cuando era necesario, jugaba en el patio durante el recreo, no confesó a nadie que recitaba para sí los itinerarios de las cruzadas mientras hacía cola en el comedor escolar, encontró el punto de insolencia necesario para compensar sus buenas notas. Su único límite era la injusticia. Su temperamento noble no la soportaba. Cuando un día la clase volvió a ensañarse con el nuevo, el benjamín se cuadró y advirtió que no pensaba seguirles el juego, que no se maltrata a un indefenso. Su voz átona, gélida, apaciguó los ánimos. El episodio le granjeó un aura de líder que no supo cómo manejar. No confesó a nadie que, durante un segundo escaso, había vislumbrado lo que aquella horda habría podido hacerle a su hermano discapacitado.

Invitó a sus compañeros al caserío. Al compañero nuevo y a los demás. Para los padres fue casi una novedad, pues los hermanos mayores habían dejado de hacerlo mucho tiempo atrás. La madre compró litros de refresco, el padre fabricó unos zancos. Cuando el nuevo se cayó de culo, con las piernas absurdamente rígidas sobre los zancos, el benjamín ignoró las risas de los demás y sintió una irresistible ternura. Su madre también, pues ayudó al muchacho a levantarse y le sacudió la camiseta. En su rostro se dibujaba una sonrisa; se la veía tan feliz, que nada malo podría haber sucedido. Embriagada por el ruido, no paraba de llenar los estómagos de los chicos y de proponer juegos. ¿Cuánto hacía que sus padres no recibían a niños en casa?, se preguntó el benjamín. Con él, cualquier acontecimiento trivial de la vida adquiría la dimensión de un hecho histórico: merienda de cumpleaños, fiesta escolar, boletín de notas, inscripción a tiro con arco (para hacer tiro con arco hay que estar de pie, ver, agarrar, entender, cosas que no hacía el niño desaparecido). La banalidad, tras tantas pruebas superadas, adquiría tintes de fiesta. Aquello enorgullecía al benjamín, lo subía a un pedestal; pero al mismo tiempo lo abrumaba. Se sentía un usurpador. En silencio, pedía perdón a su hermano. «Perdóname por haberte quitado el sitio. Perdóname por haber nacido normal. Perdóname por vivir cuando tú estás muerto.»

Algunas mañanas se tumbaba en su cama. Aflojaba la nuca y, lentamente, doblaba las rodillas y luego las aplastaba contra el colchón todo lo que podía. Se metía en la piel del niño, intentaba acercarse a lo que debía de haber sentido. Y se quedaba así, con la mirada perdida, aguzando el oído, atento a los ruidos más minúsculos, al tafetán sonoro del río o a los arañazos de un lirón en la buhardilla, hasta que su madre lo llamaba para que bajara a desayunar.

Su hermano y su hermana volvían por vacaciones. El benjamín les enseñaba las obras que había hecho con su padre. Los llevaba al cobertizo para la leña y les hacía una demostración con la amoladora en seco, saboreando el leve paso atrás que daban sus hermanos cuando aumentaba la velocidad de rotación, y alehop, decía, mirad qué hojas tan afiladas.

—Guarda eso —le aconsejaba con tiento el hermano mayor.

Le encantaba verlos, aunque pasadas unas semanas sentía cierto alivio cuando se marchaban. Por fin podía recuperar su nido. Eso sí, aceptaba de buena gana perderlo durante las vacaciones. Dejaba de ser el centro. Se convertía en una preocupación periférica, dando por supuesto que guardaría silencio durante las conversaciones de los adultos. No era algo que le molestara. Sabía que era temporal. Sus hermanos conocían los equilibrios rotos, él no. Eso era suficiente para que les cediera su puesto de vez en cuando. Además, le gustaba sentarse en el regazo de su hermana, a quien encontraba guapa, llena de vida, apasionada. Le encantaban las recetas que había traído de Portugal, era la reina de los gofres de naranja. Había llegado acompañada de un mundo lleno de gente alegre, una nueva lengua, otro ritmo de vida, un clima distinto, una ciudad amarilla y azul, con un ascensor gigante y monasterios. Y lo llamaba «brujito mío».

Su hermana era muy cariñosa con él. Si su hermano no tocaba a nadie, ella no paraba de achucharlo. A menudo lo cogía por la nuca para acercarlo a su pecho y después lo abrazaba muy fuerte, como si fuera a desaparecer.

Cuando caminaban por la montaña, la hermana empezaba sus frases con «cuando yo era pequeña». Al benjamín se le encogía el corazón. Le habría gustado tanto haberla conocido de niña. Le habría gustado tanto haber ocupado el lugar de aquel que ya no estaba, ser el único hermano pequeño que ella hubiera tenido. Su historia familiar estaba llena de lagunas. Y si le gustaba la Historia era precisamente porque la suya se le escapaba. Una vez más, vislumbraba caminos escarpados recorridos sin él, momentos especiales cuyo sabor nunca llegaría a conocer. Y penas también, penas infinitas que ignoraba por completo y que, sin embargo, atormentaban a sus seres queridos.

Antes que él sólo existían los hermanos mayores. Vivos o muertos, eran los mayores. Él era el último de la fila.

A su hermana podía hacerle todas las preguntas que quisiera sobre el niño. Cuándo os enterasteis, qué hacía durante todo el día, olía de algún modo especial, estabais tristes, cómo se alimentaba, podía ver, podía andar, podía pensar, le dolía, os dolía.

Caminaban por la colada en fila india, de tal manera que no podían verse las caras. La hermana avanzaba con pasos casi furiosos, como si pateara la montaña. El benjamín sentía su rabia y, al mismo tiempo, su fuerza. Había aprendido el portugués en cuatro días, estaba rodeada de gente, leía, descubría cosas, escuchaba, se conocía todos los bares de Lisboa. Abrazaba la vida y su movimiento. Decía que le gustaba tomar café en las terrazas, pasar desapercibida, observar a la gente, la expresión de sus caras, sus idas y venidas. La muchedumbre era tan insensible, soberana y autosuficiente como la naturaleza. Ya podía uno estar sufriendo de un modo atroz, que a la muchedumbre y a la montaña les traía sin cuidado. Semejante indiferencia la sacó durante mucho tiempo de sus casillas. Ahora, en cambio, la apaciguaba. Veía en ello una forma de acoger sin juzgar a nadie. Las leyes elementales no piden perdón, le dijo la hermana, pero tampoco condenan.

A veces soltaba algunas palabras en portugués. Al benjamín le encantaba su tesitura torneada y mate. Había lenguas cantarinas, ásperas, pero el portugués, en cambio, parecía vuelto hacia dentro. La boca mandaba los sonidos a la garganta, como si el mensaje, antes de franquear los labios, volviera al corazón de quien lo pronuncia. Así, ninguna palabra salía íntegra y, como le ocurre a la gente tímida sinceramente enamorada de la soledad, las palabras, indiferentes a su propia claridad, parecían impacientes por volver a la calidez del cuerpo. Era una lengua de la intimidad. Su hermana no habría podido hablar ninguna otra, pensaba el benjamín.

Ella respondía a sus preguntas. Le habló de la cabeza del niño sobre las piedras lisas del río, con el hermano mayor leyendo a su lado; de la casa del prado llena de monjas; de los pies curvos, el paladar hendido, la suavidad de las mejillas; de los chalaciones, las convulsiones, el Depakine, el Rivotril, el Rifamycine, los pañales, los purés, el pijama violeta de algodón; de las sonrisas, el hilo de voz puro y alegre; de la mirada crucificadora de los demás; y de todos aquellos momentos que él nunca llegaría a conocer. Ante sus ojos se dibujaba su historia, empezaba a entender de dónde venía. Su hermana le hablaba también de la abuela con su grácil kimono, de Carrapateira, del yoyó, de los árboles sumisos, de su corazón inmenso. También lo regañaba por ser demasiado lento, por entretenerse levantando piedras en busca de cochinillas.

Tenían sus paseos favoritos, como el de Figayrolles, el de La Jons, el del puerto de Varans, el de Perchevent o el de Malmort, de donde salían las ovejas. Su hermana localizaba los revolcaderos de los jabalíes y, según el lugar en que habían sido excavados, podía identificar el viento. Si estaban hechos en la vertiente mediterránea, era para protegerse del aire gélido del norte. El benjamín notaba cómo, a través de ella, hablaba la abuela y su ciencia del viento.

Atravesaban arroyos, se abrían paso entre el brezo blanco, derrapaban en el pedregal. De vez en cuando, una zarza les arañaba la piel. Sabían dónde pisar, cómo regular la respiración. Cuando por fin llegaban a la cima y el cielo abría sus brazos y las montañas se perdían en el horizonte, el benjamín se sentía liviano, liberado al fin de tantas preguntas. Y es que era tan sencillo, tan límpido, como el paisaje que se desplegaba ante sus ojos: él estaba allí y su hermano no. Lo pensaba sin dramatismo ni tristeza, como simple constatación de solidaridad: yo estoy aquí, mientras que tú estás en otra parte, y su vínculo quedaba reforzado.

En alguna ocasión comieron a la sombra de un aprisco o frente a caballos en semilibertad. Fueron momentos mágicos, cuyo recuerdo acabaría mezclándose con el tañido de las campanas, los balidos, los relinchos o las cabalgatas. Ruidos de animales y también olores (el de la hiniesta, el de la tierra húmeda, el de la paja), pues el benjamín no podía resistirse a unir sus emociones con sus sentidos. Le gustaba pensar que, siglos atrás, los sonidos, la luz, los olores habían sido los mismos. Que algunas cosas no envejecían. Los peregrinos de la Edad Media habrían podido ver el mismo día de otoño, cubierto de oro líquido. Los álamos, aureolados de amarillo, se alzaban como antorchas. Los matorrales se multiplicaban en miles de gotitas rojas. La montaña se había cubierto con un manto naranja, moteado de verde, y el benjamín descubrió de golpe los alucinantes colores con que se viste el mes de octubre. Volvieron a su mente el olor de la crema templada, el balbuceo de un niño y la sonrisa del chico nuevo cuando por fin consiguió andar con zancos. Cerró los ojos unos instantes. Luego se levantó, satisfecho, y le hizo una señal a su hermana. Ya podían volver a casa. En el camino de vuelta, vio cómo sus delicados hombros respiraban al ritmo de la marcha y su voluminoso pelo castaño le rebotaba en la espalda.

Pasaron junto a un cedro que crecía en la roca, esbelto y solo. La hermana se detuvo.
—¡Ése tiene ganas de vivir! —exclamó.
Giró la cabeza y el benjamín pudo ver su rostro en el aire cobrizo del otoño.
—Como tú.

Su hermana era lista y divertida, tenía siempre un montón de proyectos. Abrazaba la vida como si en algún momento la hubiese echado de menos, pensó el benjamín. Y, al enamorarse, empezó a llenar sus frases de silencios. Él oía sus pasos firmes y regulares, acompasados con la respiración, hasta que recuperaba la voz y le hablaba de aquel chico que había conocido en una tienda de discos, que la había esperado, entendido, *reparado*, se puede querer sin tener miedo de que le ocurra alguna desgracia a la persona amada, se puede dar sin tener miedo a perder, no hace falta vivir con los puños apretados, a la espera del peligro, decía la hermana, eso es lo que este amor me ha enseñado, y lo que no acaba de entender nuestro hermano mayor. Nuestro hermano mayor, murmuraba, que ha renunciado a entender.

El benjamín volvía de aquellas caminatas algo aturdido. Las frases de su hermana no tardarían en germinar. Había que darles tiempo. Por la noche, sentados a la mesa, miraba a su hermano mayor de un modo distinto. Sus gestos delicados y su calma adquirían un nuevo significado. ¿Cómo era posible que se hubiese ocupado tanto del niño y a él prácticamente no le hiciera caso? Un día, mientras el padre servía la sopa, le preguntó a quemarropa que por qué ya no leía. El hermano mayor le respondió con su sonrisa triste, pero nunca le había dado sólo eso, una triste sonrisa, y el benjamín no se conformó. Así que se atrevió a añadir:

—Sólo hay una letra de diferencia entre «libro» y «libre». Si has dejado de leer, es que estás totalmente encerrado.

El padre se quedó con el cucharón en el aire. La hermana y la madre intercambiaron una mirada. El hermano mayor, por su parte, no mostró sorpresa alguna. Apenas desplazó un milímetro el tenedor. Levantó la cabeza y lo miró con sus ojos negros. Entonces le habló con dureza.

—En esta casa vivió un niño encerrado. Nos enseñó muchas cosas. Así que no des lecciones.

El benjamín enterró la nariz en su plato. Notaba cómo el fantasma del niño sobrevolaba la mesa, nunca habría pensado que un fantasma pudiera tener tanto peso. Se dirigió mentalmente al niño desaparecido: «Que alguien inadaptado pueda tener tanta influencia... El brujo eres tú.»

Le hablaba a menudo, para sus adentros. De manera instintiva, usaba palabras cariñosas y sencillas, lo arrullaba, se expresaba como con un bebé, pero también le contaba, y eso vino solo, la muerte de Ricardo

Corazón de León y el código de honor de los caballeros. Desde la distancia, nadie habría podido imaginar que le estaba hablando al niño. También le detallaba sus visiones, trazaba paralelismos entre un color y un sonido, mostraba lo que sentía. Desvelaba su universo secreto con la certeza de estar siendo comprendido. No puede compartirse un saber fuera de lo común si no es con un ser fuera de lo común, pensaba. Habría dado lo que fuera por tocarlo. Su hermana le había hablado tanto de la tersura nívea de su piel, del hermano mayor al que le gustaba permanecer mejilla contra mejilla. Se imaginaba su pecho traslúcido, la transparencia azulada de las venas en sus muñecas, sus tobillos estrechos, las plantas rosadas de sus pies que nunca habían servido para nada. A veces iba a la habitación del niño, reconvertida en despacho. Los padres habían conservado la camita de hierro con sus volutas blancas. El benjamín ponía la mano sobre el colchón, a la altura de la cabeza. Cerraba los ojos. Oía un hilo de voz cantarina y pura, una sonrisa. Le llegaba también el olor de la transpiración de su cuello, de la flor de naranjo, de la verdura hervida. Sabía que en el instante en que moviese la mano para tocar, por fin, la piel y el pelo tupido, su hermano se disiparía. Los ojos se le llenaban de lágrimas.

Un día preguntó dónde estaba el pijama violeta de algodón. Su madre, sorprendida de que conociera semejante detalle, respondió que el hermano mayor se lo había llevado.

• • •

Con el tiempo, se fue haciendo cada vez más sensible. Los colores de la montaña le inspiraban poemas sin sentido. La luz se transformaba en grito. En verano, a las ocho de la tarde caía tan al bies, era tan vívida, que tenía que taparse los oídos. La sombra era una melodía de violonchelo. Y qué decir de los aromas, esos condenados aromas capaces de resucitar sonidos olvidados. ¿Eran los mismos que su hermano había aspirado?, se preguntaba. Sin duda, pues tenía olfato. ¿Qué había respirado? Nunca lo sabría. Le entraban unas ganas incontenibles de describirle a su hermano lo que veía. Se sentía imbuido de un poder inmenso: transmitir lo que uno ve, llevado por el impulso de compartir y de querer (y entonces recordaba que su hermano mayor había reaccionado igual, describiéndole al niño todo lo que veía, su hermana se lo había contado). El violeta, el blanco, el amarillo lo transportaban a un mundo de pistilos y de aromas, donde los olores se convertían en caricias, resucitaban determinado lugar, lo embriagaban hasta que la voz de su madre se volvía insistente. Intentaba contarle lo que el mundo le provocaba. Pero sólo alcanzaba a nombrar los géneros de flores, althaea, forsythia, lagerstroemia, sin que ningún término estuviera a la altura del violeta, el amarillo intenso, el blanco cremoso que estallaban como una orquesta enloquecida antes de disolverse en una letanía aburridamente fonética, althaea, forsythia, lagerstroemia.

—¡Qué memoria tienes! ¡Te acuerdas de todo! —decía asombrada su madre.

—No —respondía él—. No me olvido de nada, que es distinto.

• • •

Era un muchacho claramente adelantado. «Ser el primero cuando eres el último: es el colmo», le dijo al psicólogo —igual que a la hermana, los padres, conscientes de su diferencia, lo habían llevado a terapia—. Pero el terapeuta se tomó el comentario como una muestra de presunción. Al benjamín le habría gustado decirle que una parte de él no tenía nueve años, sino mil, mientras que otra parte estaba constantemente despierta, y que semejante discrepancia lo apartaba de los demás. Se sentía marginado. Envidiaba a sus compañeros de clase inmunes a la compasión, a la belleza. ¿Por qué ninguno reaccionaba ante el vuelo de un ave rapaz, ante la evocación de los reyes caballeros, ante la sonrisa de la mujer del comedor escolar? ¿Cómo era posible que los movimientos del mundo no hiciesen ningún ruido, que no produjesen ningún eco? Incluso el chico nuevo jugaba ahora con los que le habían robado la bufanda. Los otros parecían tan solos y tan a gusto... A fin de cuentas, ser un brujo lo marginaba.

Esperó a que llegaran las vacaciones de Semana Santa para hablarlo con su hermana, pero aquel año no fue a visitarlos. Estaba de viaje con su nuevo novio. El benjamín recordó la mano de la hermana en su nuca y echó de menos el gesto. Así que abordó a su hermano. En el fondo, quizá fuese mejor así. Necesitaba alguien que hubiera sufrido mucho para entender todo aquello. Pero el hermano mayor se levantó de la mesa y dijo que se iba a dar una vuelta, él solo.

El benjamín lo siguió. El hermano mayor no fue muy lejos, a la orilla del río, allí donde las piedras son lisas. Se sentó, se abrazó las rodillas y ya no se movió. El benjamín permaneció a la sombra, observándolo. Sintió que le invadían los celos hacia el niño. «Si yo hubiese tenido una discapacidad», pensaba, «mi hermano se habría ocupado de mí». Luego bajó la cabeza, muerto de vergüenza.

A finales de verano, una noche la hermana llamó por teléfono. Al colgar, la madre estaba pálida. Se sentó a la mesa. Carraspeó y anunció que su hija estaba embarazada. «Las pruebas han salido bien, todo en orden», añadió. El padre se puso de pie y abrazó a su mujer. El benjamín, por su parte, se sintió abatido. Pensó que su hermana dejaría de quererlo. El futuro bebé ocuparía su lugar y le daría el relevo. Su mero nacimiento le robaría el rol que hasta entonces había desempeñado. Ya no serviría para nada. Se levantó de la mesa, cogió una naranja de la cesta y la lanzó con todas sus fuerzas hacia nosotras, las piedras del patio.

Fue el único acto de rebeldía que cometió en su vida. Pues al volverse hacia la cocina vio los rostros de sus padres, llenos de angustia. Se prometió que nunca más lo haría.

Las Navidades siguientes, los tres hermanos salen al patio, dejando tras la puerta acristalada la cálida algarabía. Los viejos tíos han muerto, los primos han tenido hijos. La tradición de los conciertos, de las canciones protestantes y del banquete se mantiene.

Se han escapado un momento. Congelados, toman posiciones dándonos la espalda, mientras uno de sus primos manipula una cámara de fotos. La hermana ríe, con una mano le frota la espalda al hermano mayor y con la otra le acaricia la nuca al benjamín. Se inmovilizan los tres frente al objetivo. El primo dispara.

La hermana: se agarra la panza con las manos, la cabeza inclinada hacia un lado. Labios rosados, frente altiva. Esboza una ligera sonrisa. Lleva un jersey de cuello alto de color gris. El cabello le cae sobre los hombros.

El hermano mayor: se mantiene firme, de brazos cruzados. El rostro impenetrable, excepto su dulce mirada tras las finas gafas de carey. Hombros estrechos, camisa de director financiero. Pelo castaño, corto.

El benjamín: tronco inclinado hacia delante, como si estuviese andando hacia el objetivo. Cara redonda, gran sonrisa inteligente. Mirada intensa, boca entreabierta que deja ver un aparato dental. El pelo más claro, alborotado.

Los tres tienen bolsas bajo los ojos, ligeramente almendrados, muy grandes, tan oscuros que la pupila se confunde con el iris.

Cada uno recibió una copia de la foto. Al ver la suya, el benjamín pensó que siempre había habido el mismo número de hermanos en las fotos de familia. Sólo el tercero había cambiado.

· · ·

Tiempo después, cuando ya había nacido su primera sobrina, el benjamín y su hermana volvieron a calzarse las chirucas. Se reencontraron con el frescor matutino, el mapa manoseado doblado y vuelto a doblar, el mentón levantado hacia el puerto de montaña. Mientras su hermana abría el paso en la colada, contestó a la pregunta de si había temido tener un hijo discapacitado.

—Extrañamente no —dijo—. Primero porque Sandro y yo teníamos muy clara una cosa: que si al bebé le hubiesen detectado algún problema, no habríamos seguido adelante con el embarazo. Y luego porque el haber vivido lo peor espanta el miedo. Tuvimos que pasar por ello, así que sabemos lo que es. Tenemos los reflejos y el manual de instrucciones. El miedo viene de lo desconocido.

Con ella, las palabras fluían y se quedaban flotando, sin necesidad de imágenes o sonidos. Así de sencillo. Pudo preguntarle por su nuevo rol de madre, su nuevo país, su nuevo amor, todo era nuevo a su lado. La novedad no generaba ningún temor. Por otro lado, ¿cómo había superado la angustia de ocuparse de un bebé, cómo había sabido lo que tenía que hacer?

—Te recuerdo que tuvimos un bebé durante diez años, aunque yo no me ocupara mucho de él. Mira. De los demás, nos quedamos con sus esfuerzos. El resultado puede ser imperfecto o no, eso es secundario. Sólo contará el esfuerzo. ¿Sabes? Los padres de Sandro se separaron cuando él era niño. Su padre era pobre. Vivía en un estudio. Pero Sandro se acuerda del biombo encontrado vete tú a saber dónde, de la cama construida con cajas llenas de gomaespuma, de los esfuerzos del padre por crear un rinconcito destinado exclusivamente a su hijo. Aquellos esfuerzos valían más que un padre ausente que dejara caviar en la nevera. Yo estaba dispuesta a hacer esfuerzos por mi niño, como hicieron nuestros padres con nosotros. A partir de ahí, poco importaba si lo conseguía o no. Lo esencial estaba en otra parte, en esa exigencia que me impuse y que conforma una amistad, un amor, una relación.

Preguntada por el matrimonio, la hermana aseguró que no tenía intención de casarse, «pues la pareja, al revés de lo que la sociedad quiere hacernos creer, es el espacio de libertad más grande que existe. Es el único ámbito que escapa a la norma, a diferencia del trabajo o de las relaciones sociales. Verás parejas que no paran de discutir y siguen juntas toda la vida, otras que son felices sin hacer nada, las que quieren tener hijos y las que no, aquéllas para quienes la fidelidad es primordial y aquéllas para quienes resulta secundaria. A algunas les parecerá banal lo que para otras supone una anomalía. Y viceversa. No hay ninguna regla, y a la vez hay tantas normas como parejas. ¿Qué sentido tiene querer meter semejante libertad en un marco oficial?». Hablaba con voz queda, impregnada de indignación. Qué milagro era aquél, se preguntaba el benjamín, por el que la vida golpeaba así, qué caminos había recorrido aquel arrebato, a lo largo de tantos años, para brotar tan vivamente ahora como si acabara de eclosionar.

Le encantaba escucharla. Se decía que su hermana, como él y su hermano mayor, acumulaba mil años de existencia. Se puso a reír sólo de pensar en aquella extraña hermandad, se lo contó a su hermana, que se rió a su vez, o al menos eso le pareció a él, pues andando por aquella colada no veía más que su espalda. En la montaña se avanza solo. Pensó que la gente del lugar se parece a sus caminos.

Los meses pasaron como pasa la infancia en la montaña. Se cayó en el río en enero. Encontró su primera camada de gatitos escondida en el molino. Aprendió a reconocer la detonación de una escopeta Baikal monotiro, característica de las batidas de jabalí. Acechó a los zorros, a los murciélagos enanos, a los tejones. Se maravilló de la muda otoñal de los álamos, cuyo vestido de hojas cayó en una sola noche. Sintió la cálida lluvia de junio resbalando sobre su piel como una cortina de terciopelo. Reconstruyó con su padre los muros de piedra en seco levantados la estación anterior. Bailó alrededor de las hogueras de septiembre, cuando se queman las ramas muertas a la orilla del río, las cuales, por el efecto de las llamas abriéndose paso en el aire del bosque, silban como instrumentos de música.

Pero hubo cosas que no cambiaron.

El benjamín crecía escoltado. La montaña lo maravillaba cada vez más, y cuando percibía, tocaba u olía, lo hacía pensando en el niño. A menudo cerraba los ojos para concentrarse en los sonidos. «Ah, brujillo», pensaba, «a mí nunca se me habría ocurrido la idea de cerrar los ojos para ver mejor». Era un compañero invisible. Se había colado en su vida, era así, había ausencias con forma de lugares, y el benjamín necesitaba volver una y otra vez al niño.

Cada vez le costaba más ocultar su diferencia frente a los otros. ¿Cómo explicarles que la montaña había atravesado toda la historia, que se emocionaba ante semejante inmanencia y que aquélla era la prueba fehaciente de que los muertos jamás desaparecen del todo? ¿Cómo decirles que la vida bulliciosa de la montaña era la misma que siglos atrás? ¿Que el más mínimo movimiento animal albergaba la memoria de un muerto? Era mucho pedir. Los demás tenían el mismo don que las bestias salvajes para detectar la diferencia. Un día, la profesora de Biología pidió a los alumnos que llevaran un pez para diseccionarlo. El benjamín se presentó con una trucha dando coletazos en una bolsa de plástico. Los otros, que habían ido a la pescadería, lo contemplaron atónitos. Nadie entendió que, para él, sólo existían los peces vivos.

Creaba palabras. El pastor era un borreguil, se consideraba a sí mismo un soñadista, existía el color rosazul (rosa con reflejos azulados), había un tiempo verbal llamado futuro interior. Sólo podía compartir sus hallazgos con el niño, en voz baja, en su antiguo cuarto, con la mano puesta sobre el colchón, a la altura de la cabeza. Recitaba aquellas palabras y cada sonido se volvía mariposa, falena, crisopa, una minúscula criatura con alas que revoloteaba alrededor de las volutas blancas de la cama. Y le daba las gracias a su hermano por aquel milagro.

∙ ∙ ∙

Como terminaba los exámenes antes que nadie, como lo asimilaba todo, como lo entendía todo, tenía tiempo para inventar otras palabras, que apuntaba a hurtadillas, en el silencio de la clase. Su excelencia lo salvó de las represalias. Pasaba olímpicamente del espíritu de competición, hasta el punto de dejar de buena gana sus deberes a los demás para que los copiasen. Y luego estaba su humor. Era su mejor escudo. Imitaba, interpretaba, caricaturizaba, sabía reírse de sí mismo tan bien que hasta los espíritus más taimados acababan rindiéndose y riéndose con él. Así que los demás siguieron invitándolo a sus casas, no se perdió ninguna tarde de fiesta, pero renunció temporalmente a llevar a sus compañeros al caserío. Veía en ello una suerte de sacrilegio. Aquellos profanos no eran compatibles con el reino de los brujos.

La conciencia de ser diferente lo acercó aún más al niño. Sonreía al pensar en aquel vínculo inverosímil, y no estaba loco. Pero tenía que reconocerlo: cuando hablaba con el niño desaparecido era el único momento en que no fingía. Le pasaba lo mismo con los animales. Nunca se alarmaba cuando un murciélago enano se le enredaba en el pelo o cuando encontraba un sapo extraviado en la carretera. Las hijas de su hermana, aún pequeñas, chillaban de espanto. El sapo no se movía, pero su ojo reluciente se contraía unos milímetros con cada grito que daban. El benjamín se daba cuenta de cómo lo incomodaba aquel escándalo. Así que lo cogía por la espalda y, bajo la aterrorizada mirada de sus sobrinas —que, a pesar de todo, iban tras él—, bajaba al río y dejaba al animal en el agua.

Cuando el cielo anunciaba una mañana radiante, se alegraba de corazón por los pájaros. Cerraba los ojos a la orilla del río para escuchar su canto. En momentos así, su hermana prohibía a sus hijas que se acercaran a él. No les decía: «Está descansando» o «Está tranquilo», sino: «Está respirando.»

Definitivamente, el benjamín se alegraba de que su hermana hubiera sido madre. Observaba sus gestos protectores con aquellos cuerpos minúsculos, comprendía mejor aquellas manos que se habían ocupado de su hermano pequeño. De modo que era eso, el olor oculto entre los pliegues del cuello, los puños apretados, los ínfimos ruidos de mamífero recién nacido, succión, hipo, gemido, respiración entrecortada. Le encantaban los movimientos de brazos y muñecas del bebé, parecían una danza balinesa, lenta y tensa. Pensaba que todos los guerreros de la historia tenían que haber sido, en un momento u otro, aquellos seres capaces de hacer una danza balinesa. También comprendió mejor, cuando las sobrinas pronunciaron sus primeras sílabas o se tambalearon al intentar andar, el sufrimiento que la familia debía de haber padecido. Qué doloroso tenía que haber sido, pensaba, permanecer en aquel estadio lactante, como si el tiempo se negara a avanzar, mientras su hermano seguía creciendo, ensanchando irónicamente la brecha.

Sin embargo, lo que le había dicho su hermana era cierto, no estaba en absoluto inquieta. Las fiebres, la tos, la respiración sibilante, las erupciones cutáneas, los cólicos parecían formar parte de una misma aventura que ella gestionaba con tanta calma y firmeza que Sandro, por lo común responsable y tranquilo, también la dejaba hacer. ¿Acaso el hecho de que fueran todas niñas, diferenciándose de entrada, por cuestión de sexo, del niño, hacía más fácil la maternidad, alejándola del duelo por el hermanito desaparecido? Tal vez. En cualquier caso, su hermana parecía controlar la situación. Conocía los gestos, las frases y las canciones de cuna. En ocasiones, el benjamín lamentaba que no fuera más imaginativa con sus hijas, que su lado caótico no asomara de vez en cuando, que permaneciera siempre con aquella pose de soldado que no teme ni duda. Pero entonces recordaba el cuaderno encontrado y no decía nada. La admiraba. Era como si, de vuelta de todo, ya no tuviera miedo de nada.

Él tampoco tenía ya miedo de nada. Le habían guardado el sitio. Su hermana había tenido la delicada inteligencia de no quitarle nada para dárselo a sus hijas. Los dos hermanos seguían yendo a caminar por la montaña, manteniendo sus conversaciones. El benjamín fue lo suficientemente respetuoso como para no exigir nada más y darle la libertad de ser la hermana que quisiera. La única pregunta que le hizo fue, en uno de sus habituales paseos, que por qué sujetaba a sus hijas por la nuca en lugar de cogerlas de la mano. Que por qué les tocaba siempre la nuca, como a él cuando le hacía carantoñas. La respuesta no llegó hasta unos pasos más adelante, de espaldas, pues estaban en la colada.

—Porque un día quise coger al niño en brazos y lo agarré por las axilas, la cabeza se le fue hacia atrás, la nuca se le quedó colgando en el vacío, tuve miedo y lo solté, la parte posterior del cráneo rebotó contra la tela de la tumbona, todavía conservo el espantoso recuerdo de esa nuca desencajada oscilando en el aire, cayendo y arrastrando la cabeza hacia delante, el niño hecho un ovillo, plegado en dos, esa nuca que yo ni siquiera había sido capaz de sujetar, incapaz de medir la fragilidad de una parte tan delicada, unida al cuerpo como el hilo de una marioneta, imagínate si se le llega a romper la nuca. Desde entonces, sujeto las nucas.

Con las niñas, la casa se llenó de alegría, de gritos, de olor a gofres de naranja y de exclamaciones en portugués. De hecho, los padres esperaban con impaciencia la llegada de las vacaciones. El benjamín había fabricado espadas para hacer torneos, redactado unas fichas sobre Ricardo Corazón de León y preparado un concurso de heráldica. Incluso el hermano mayor, que por lo general no soportaba el ruido, se mostraba algo más indulgente. Era el que estaba siempre pendiente de las niñas, comprobando que los frenos de las bicis funcionaran, que el columpio estuviese bien sujeto, que los márgenes del río no resbalasen. Se volcaba sobre todo con la hija pequeña de su hermana, tan callada como él y apasionada de los juegos de lógica, los rompecabezas, los acertijos. El hermano mayor respondía con paciencia, escogiendo las palabras, y se agachaba para atarle los zapatos a su sobrina.

Un día, el benjamín se los encontró sentados en el patio, a nuestra sombra. Estaban enfrascados en la resolución de un sudoku. El hermano mayor hablaba en voz baja, con el ceño fruncido y un lápiz en la mano. La niña, con el mismo pelo castaño cayéndole sobre los hombros, apoyaba la mejilla en el antebrazo de su tío y observaba, absolutamente concentrada, los cuadrados llenos de cifras. Estaban tan absortos que el benjamín no se atrevió a respirar. En el aire inmóvil del verano, sólo se oía el silbido del río más allá del muro. Fue entonces cuando el benjamín se percató de la presencia de su hermana al otro lado del patio, bajo el dintel de la puerta medieval. Ella también observaba a su hermano mayor y a su hija, quienes, cercados por aquella mirada doble, no se habían dado cuenta de nada. La hermana supervisaba, pensó el benjamín, con la atención de un general inspeccionando el terreno. Sus miradas se encontraron. Entonces, sin dejar de mirarla ni acercarse a ella, el benjamín levantó el pulgar en señal de victoria. Su hermana había completado el relevo.

Durante aquellos veranos, volvían a sacar al patio los dos mullidos almohadones que habían acogido al niño. Ahora eran las sobrinas las que se acurrucaban en ellos, las que saltaban encima. La más pequeña, la tercera ya, los usaba incluso para dormir la siesta. En más de una ocasión vimos ensombrecerse los rostros del hermano mayor y de la hermana, y sabíamos muy bien por qué. Por sus mentes pasaba la visión fugaz de otro cuerpo que parecía dormido sin estarlo, con las rodillas separadas, los pies combados y el pelo mecido suavemente por la brisa. Pero esta vez se trataba de una niña normal, de dos años, que se restregaba los ojos y pedía la merienda.

Cuando todos ellos regresaban a Lisboa y el hermano mayor a la ciudad, el benjamín recuperaba su lugar. Volvían las cenas tranquilas de los tres. Le gustaba tener tiempo de sumergirse con sus padres en aquel flujo cotidiano hecho de placeres ínfimos. Se deleitaba pensando en las tardes en que podría estudiar Historia, quería aprender el vocabulario relativo a los escudos de armas. También se reencontraba con el niño, en su vida interior, como si hubiera estado ausente una temporada. Volvía a hablarle de las conexiones secretas de la naturaleza, de los recovecos secretos de la montaña, de los jabalíes junto a las charcas y de las cochinillas bajo las piedras. Recuperaba su territorio, y su territorio era su hermano desaparecido. En el fondo eran cuatro, los padres, él y el niño: nadie tenía derecho a juzgarlos.

Una tarde, durante las vacaciones de Semana Santa, una tormenta azotó la montaña. Los truenos restallaron en el cielo oscuro, veteado de relámpagos. La lluvia fue tan intensa y tan brusca que el río creció de golpe. El agua se puso del color del chocolate. El cauce se desbordó. La corriente arrancó la corteza de los árboles de las orillas, que quedaron pelados hasta media altura. Podía oírse la estampida de ramas y guijarros lamiendo la terraza de la vieja casa de la abuela. Nosotras aguantábamos el tipo. Sabíamos que alguna de las nuestras acabaría saliéndose del muro y cayendo con estrépito sobre el suelo de pizarra, arrancada por el viento. Ése ha sido siempre nuestro peor enemigo. Mucho más temible que el agua o el fuego, que no nos dan ningún miedo. Sólo el viento puede desmantelarnos.

Las luces de los bomberos atravesaban la niebla cargada de lluvia. En una aldea algo más apartada, un poste eléctrico había caído sobre el tejado de una casa, pero un coche arrastrado impedía el acceso. Llovía tanto que de la montaña bajaban hasta la carretera pequeñas cascadas, tensas como el alambre. El camión de bomberos, sorprendido por el impacto del agua sobre el techo del vehículo, estuvo a punto de empotrarse contra el puente.

Pero quién no conocía aquellos accesos de rabia. Después de comer, el padre aparcó los coches más arriba, colocó las herramientas en lugares más altos, atrancó el cobertizo para la leña, metió en casa los muebles del jardín, abrió los respiraderos de las bodegas —pues nunca hay que encerrar el agua, hay que dejar que circule—. El padre, la madre, el hermano mayor y el benjamín se apostaron tras las ventanas que daban al río, para controlar la subida del cauce y poder intervenir en caso de peligro. No le quitaban el ojo de encima. El benjamín se refugió en la habitación del niño, desde donde miraba cómo los árboles se retorcían ante la fuerza del viento. Los abetos agitaban las ramas de abajo arriba como si fueran pájaros. Se dejó embargar por el estruendo, deseando con todas sus fuerzas que los animales hubiesen podido refugiarse. Repasó mentalmente la ubicación de los nidos, las cavidades del río donde se reproducían los sapos, las madrigueras de los zorros, los revolcaderos de los jabalíes, las grietas del muro donde se cobijaban las lagartijas. No debía de quedar gran cosa. El agua se lo había llevado todo, dejando a sus compañeros desamparados. Incluso las cochinillas, hechas bola a la fuerza, debían de haber rodado, arrastradas por la lluvia.

El benjamín se sobresaltó al oír los golpes en la puerta del patio.

Era un pastor. Llevaba un sombrero de cuero de ala ancha, que chorreaba hilos de agua, y un largo impermeable. Le estrechó la mano al padre y les contó a gritos, haciéndose oír por encima de los truenos, que llevaba varios días buscando a uno de sus animales que, con semejante diluvio, se había refugiado en el viejo molino. El animal estaba enfermo. ¿Podían ayudarlo a meterlo en la camioneta? Faltaría más, dijo el padre, voy a avisar a los chicos.

El hermano mayor y el benjamín se calzaron las botas y se cubrieron con las capuchas. En el exterior, el temporal sonaba a chapoteo y a gruñido. Caminaron con la cabeza gacha. La lluvia les golpeaba los hombros como los puños de un niño enrabietado. Trombas de agua impetuosa se enroscaban en sus tobillos. Apretaron el paso, cruzaron el puente; debajo, el agua rompía en borbotones oscuros. Al alcanzar la pasarela, giraron a la izquierda, hasta llegar al molino. Agacharon aún más la cabeza para franquear la puerta baja.

El benjamín tuvo la sensación de entrar en una cueva. Había silencio, sombra y aire fresco. Las piedras estaban húmedas. Sólo se oía el cascabeleo de la lluvia. Sintió una presencia en la oscuridad. La oveja estaba acostada. Vio su flanco de color beis, abotargado, las patas delgadas y las pezuñas relucientes. El animal jadeaba, inflando el abdomen, y el benjamín no pudo resistir la tentación de tocarlo. Era suave. También las orejas, atravesadas por etiquetas de plástico, tenían una textura aterciopelada. La oveja permaneció con los ojos cerrados. El benjamín pasó con suavidad un dedo por el párpado abultado, casi rígido, rodeado de largas pestañas negras. Al animal le temblaba el labio inferior. Sólo se oía su aliento entrecortado mezclado con el repiqueteo de la lluvia. El benjamín tuvo la impresión de oír de pronto un nuevo sonido, un sonido único, como el de un ligero trote. Sin duda la vida que se escapa, pensó. Unas manos hacían ondular, ante sus ojos, unos enormes mantos verdes y centelleantes. La voz del padre lo devolvió al molino.

—Ayúdame a sacarla de aquí.

La agarraron por las pezuñas y a la de tres la levantaron. Pesaba mucho. El pastor había abierto las puertas traseras de la camioneta. A su lado, la silueta vaporosa del hermano mayor parecía estar esperándolos. La capucha le ocultaba la cara.

Al salir del molino, la cabeza de la oveja resbaló entre los antebrazos del padre y quedó colgando en el vacío. Por un instante pesó como pesa la carne muerta, barriendo el aire de un modo grotesco. La piel del cuello se puso tensa. Se dieron impulso balanceando el cuerpo del animal. Al soltarlo, la camioneta se estremeció.

—Meteorismo —le dijo el padre al pastor, recuperando el aliento con las manos en las rodillas.

El pastor asintió.

—¿Alfalfa o trébol? —preguntó como hablando consigo mismo—. Meteorismo, en cualquier caso.

El benjamín habría podido saborear aquella palabra, pero ya no prestaba atención. Observaba el cuerpo corpulento de su hermano mayor dentro de la camioneta. Se había bajado la capucha y estaba de rodillas, inclinado sobre la oveja, que cada vez respiraba más rápido. Por la comisura de la boca le salía una espuma blanca. El hermano mayor se acostó a su lado y puso su frente contra la del animal. Con una mano le acariciaba el flanco hinchado. Era como una mancha blanca que iba y venía sobre un fondo oscuro. Le susurraba palabras incomprensibles. El benjamín los observaba. El pelo castaño del hermano mayor se confundía con el pelaje de la bestia. El benjamín tuvo la impresión de que la lluvia redoblaba su fuerza para aislarlos. «Mi hermano se vuelca con los más débiles, ése es su lugar», pensó.

El padre, algo incómodo, alargó la conversación con el pastor hasta que su hijo mayor se levantó, contempló a la oveja y decidió cerrar las puertas.

—Mantennos informados —dijo el padre, y el pastor respondió tocándose el ala del sombrero.

Arrancó la camioneta. Las luces de los faros se diluyeron en el aire enturbiado, hasta desaparecer. Oyeron la voz de la madre que los llamaba. Volvieron a casa. Al entrar en el patio, justo cuando el viento empezaba por fin a aflojar y la lluvia perdía intensidad, vimos cómo el benjamín le cogía la mano al hermano mayor, y cómo éste lo aceptaba.

Durante la cena se envalentonó y, con el corazón desbocado, apoyó la cabeza en su hombro. En esta ocasión, el hermano mayor tampoco se inmutó. Entonces la madre cogió su teléfono móvil y les hizo una foto. Envió la imagen a la hermana. Se inclinó hacia el padre y le dijo, con voz tan baja que nadie más pudo oírlo:

—Un sufridor, una rebelde, un inadaptado y un brujo. Buen trabajo.

Se sonrieron.